Petra Weise

Es kommt wie es kommt

Roman

Bibliografische Information der Deutschen Nationalbibliothek
Die Deutsche Nationalbibliothek verzeichnet diese Publikation in der
Deutschen Nationalbibliografie; detaillierte bibliografische Daten sind im
Internet über http://dnb.dnb.de abrufbar

Titelseite: Adragan (shutterstock)
Herstellung und Verlag: BoD – Books on Demand
Norderstedt

ISBN 9-783751-932202

–

Es nimmt der Augenblick,
was Jahre geben.

Johann Wolfgang von Goethe

Inhalt

Nachbarn

Max bellt und rennt zum anderen Ende des Gartens. Dort zwängt sich soeben meine Nachbarin Nicole durch die Sträucher, die unsere Gärten trennen. Sie lacht etwas gequält, als Max sie knurrend umkreist. Mein Hund spürt, dass ich mich über Nicole ärgere, weil sie mich schon wieder unangemeldet überfällt. Sie soll anrufen, bevor sie mich besuchen möchte, damit ich ihr sagen kann, ob ich Zeit für sie habe.

„Wieso? Du bist doch den ganzen Tag daheim, hast also immer Zeit", argumentiert sie.

Doch so ist es nicht. Ich bin selbständige Übersetzerin und brauche ungestörte Arbeitszeit, um meine Texte pünktlich abliefern zu können.

„Eila!", jodelt sie mit hoher Stimme. „Ich bringe dir Hermann!"

Seit Philipp vor vier Monaten ausgezogen ist, hat sie mir jeden Monat einen neuen Ersatz-Liebhaber vorgestellt, Hermann wäre der fünfte. Auch dieses Mal wird es furchtbar peinlich für mich und diesen Mann werden, weil ich keinen will und bisher jeden kurzerhand wegschickte. Nicole glaubt, dass eine Frau nur glücklich sein kann, wenn sie einen Mann hat, der sie finanziell versorgt. Für diese Sicherheit kocht und wäscht sie gern für ihn. Doch ich koche und putze überhaupt nicht gern, weder für mich noch für einen Mann.

Vielleicht haben mich Philipp und mein Ex-Mann genau deshalb verlassen. Beide sind ins Ausland gegangen, der eine nach Norwegen, der andere nach Australien.

„Ich brauche keinen neuen Mann! Ich komme allein viel besser zurecht", fauche ich Nicole an. Sie kichert und behält dabei Max im Auge.

„Gib Ruhe!", ermahne ich meinen Hund, damit er endlich aufhört zu bellen.

Max ist ein besonders imposanter schwarzer Labrador, der Nicole nicht ganz geheuer ist. Deshalb will sie ihn mit Keksen bestechen, die sie weit in die Wiese wirft, um den Hund abzulenken.

„Ich bringe dir Hermann", verkündet sie noch einmal und wackelt dabei mit ihren Hüften.

Sie tut so, als hätte ich diesen Mann bestellt und schon lange auf ihn gewartet. Doch ich möchte diesen Hermann nicht kennenlernen, weder ihn noch einen anderen Mann. Sollte ich jemals in meinem Leben wieder Lust auf einen Partner verspüren, suche ich ihn mir selbst aus.

„Hör endlich auf, mir Männer anzuschleppen!"

„Diesen Hermann wirst du lieben!", flötet sie und zwinkert mir verschwörerisch zu.

„Bringen wir es hinter uns", brumme ich.

Nicole wird keine Ruhe geben, wenn sie nicht alles gesagt hat, weshalb sie gekommen ist.

Sie hält mir ein Einweckglas entgegen, zeigt darauf und trällert: „Taraa!"

„Da drin ist Hermann?", spotte ich.

Sie nickt, zeigt auf das Glas und flüstert anzüglich: „Es liegt allein in deiner Hand, den Hermann zum Wachsen zu bringen."

Jetzt wird mir die Sache zu dumm. Ich mag keine albernen Scherze und ich mag es nicht, wenn sie unangemeldet in mein Haus schneit und Neuigkeiten verkündet, die ich gar nicht wissen will.

„Sag, was du zu sagen hast! Ich muss gleich los."

„Wo willst du denn hin? Triffst du einen Mann? Wie heißt er? Ist er groß? Wie alt? Wieder blond, nicht wahr? Nun sei doch nicht so verstockt!"

Ich bin nicht verstockt. Ich bin nur genervt von ihren vielen Fragen. Außerdem treffe ich keinen Mann. Ich will einfach nur meine Ruhe, denn bei meiner Arbeit muss ich mich konzentrieren. Im Moment übersetze ich einen komplizierten technischen Text aus dem Norwegischen. Doch Nicole hält meine Arbeit nicht für eine Arbeit. Sie hält Selbständigkeit für unbegrenzte Freizeit. Ich habe ihr erklärt, dass ich nichts verdiene, wenn ich zum Beispiel Urlaub mache, während ihr Urlaub bezahlt wird. Doch das begreift sie nicht. Deshalb lüge ich und behaupte, ich treffe eine Frau, der ich meine Texte übergebe. Das stimmt natürlich nicht, denn die Arbeiten erhalte ich per Mail und schicke auf gleichem Weg die Übersetzungen zurück.

„Du musst ihn regelmäßig füttern!", erklärt sie.
„Wen soll ich füttern?"
Nicole zeigt auf das Einweckglas.
„Schleppst du mir eine Maus an?", frage ich empört.
Die würde ich sofort frei lassen, denn ich will sie nicht im Haus haben, meine beiden Töchter schon gar nicht.
„Ich finde den Zettel nicht, wo drauf steht, wann und womit du Hermann füttern musst. Kannst ja googeln!"
Mit diesen Worten hält sie mir das Glas hin. Ich greife automatisch zu und drehe es hin und her, sehe aber kein Tier, sondern nur eine Art Paste.
„Lade mich ein, wenn dein erster Kuchen fertig ist!"
„Kuchen? Wie kommst du jetzt auf Kuchen?"
„Gib einfach *Hermann* im Computer ein und vergiss nicht, ihn zu füttern!", ruft sie und kriecht durch den Strauch zurück auf ihr Grundstück.
Verdutzt schaue ich ihr nach. Hermann und

Kuchen und füttern – ich verstehe gar nichts. Hoffentlich ist das Ganze nicht wieder so ein modischer Unsinn wie damals das Tamagotchi, das sie mir zum Geburtstag schenkte. Nicole macht jede Mode begeistert mit, gleichgültig, ob es sich um Kleider, Möbel, Spielzeug oder Gartenschmuck handelt. Ich bin dafür zu praktisch. Hosen und Pullis müssen bei mir bequem und möglichst lange haltbar sein. Möbel halten im Idealfall ein Leben lang.

Trotzdem hat sie mich neugierig gemacht. Und weil ich den Dingen gern auf den Grund gehe, setze ich mich sofort an meinen Computer und gebe „hermann füttern" ein. Dabei erfahre ich, dass es sich um einen Kuchenteig handelt. Ich mag keinen Kuchen. Auch meine Töchter essen niemals Kuchen. Sie glauben, dass man von Kuchen dick wird und das wäre für beide eine Katastrophe, denn beide tanzen Ballett und wollen unbedingt dünn bleiben.
Ich lese: „3 Tage je 30 g Wasser und 30 g Mehl mit der Hand umrühren, mit einem Tuch abdecken, warm gestellt ruhen lassen."
Bei Wasser muss es Milliliter heißen und nicht Gramm. Außerdem habe ich weder Mehl noch eine Waage im Haus. Wie dem auch sei, ich backe nicht. Gelangweilt klicke ich weiter und lese eine komplett andere Rezeptur:

„1 T Mehl, 1 T Zucker, 1 T Milch, NICHT umrühren, fest verschlossen im Kühlschrank aufbewahren, nach 2 Tagen mit einem Holzlöffel (NICHT mit den Händen!) vorsichtig umrühren, die Hälfte zum Backen verwenden, die andere Hälfte aufbewahren oder verschenken."

T heißt Tasse. Mit Tassen komme ich zurecht, doch mit den zwei verschiedenen Rezepten nicht. In ersten soll ich Wasser nehmen, im zweiten Milch; in einem Zucker zugeben, im anderen nicht. Mit Händen oder Holzlöffel umrühren? Kühl oder warm stellen?

Ich weiß nicht, was richtig ist. Immerhin weiß ich nun, warum mir Nicole den Hermann brachte: Durch das Füttern vermehrt sich der Teig, man verbraucht beim Backen nicht alles und soll den Rest verschenken. Das Verschenken finde ich lustig, doch mir fällt niemand ein, dem ich einen Hermann schenken könnte. Deshalb werfe ich das Glas sofort in den Müll. Ich backe sowieso nicht, weder für Emmas Geburtstag noch für den Besuch der Schwiegereltern.

Trennungen

Genau genommen sind es meine Ex-Schwiegereltern, denn ich bin seit fast sieben Jahren von Björn geschieden. Er ist nach Norwegen zurückgekehrt, wo wir früher lebten und unsere Töchter geboren wurden. Björns Eltern wohnen im übernächsten Reihenhaus. Das ist verkehrte Welt: Björn ist weg, weil er es in Deutschland nicht aushielt und seine Eltern kamen aus Norwegen hierher in ihr Heimatland, weil man hier besser und vor allem preiswerter leben kann. Mit dem preiswerten Leben lockte mich damals Björn nach Deutschland, doch heute kann er hier nicht leben. Aber er kann ohne mich und ohne seine Töchter leben. Er hat mir damals nur gesagt, dass er wieder nach Hause geht und ehe ich begriff, dass er damit Bergen in Norwegen meint, war er fort. Er hat mich nicht einmal gefragt, ob ich mit ihm gehen will. Also blieb ich hier.

Glaubte er, ich ginge auf jeden Fall mit ihm zurück nach Norwegen, weil ich zu ihm gehöre? Oder hat er mich absichtlich zurückgelassen, obwohl er zu mir gehört? Ich weiß es nicht. Aber ich weiß inzwischen, dass ich dumm war, als ich glaubte, er gehöre zu mir. Niemand gehört zu irgendwem. Im Moment gehöre ich zu meinen Töchtern, weil ich für sie verantwortlich bin bis sie erwachsen sind und ihr eigenes Leben führen.

Als sich meine erste Wut über Björns Auszug in Entsetzen und schließlich in Angst umwandelte, wartete ich auf ein Zeichen, auf seine dringende Bitte, endlich zu ihm zu kommen. Ich hätte mich zuerst ein wenig geziert und dann meine Sachen und die Mädchen gepackt und wäre zu ihm geflogen. Dahin, wohin ich gehöre: an seine Seite.

Doch ich wartete vergebens. Die Tage, Wochen und Monate vergingen und nun sind wir geschieden.

In Norwegen braucht man keinen Anwalt für eine Scheidung, es entstehen auch keine so hohen Kosten wie in Deutschland. Ich musste nur formal bestätigen, dass ich mit den Kindern in Deutschland lebe - sofort galt unsere Ehe als beendet. Das kränkt mich bis heute.

Ich bemühte mich den ganzen Tag, nicht an Björn zu denken. Das rächte sich in der Nacht, wenn ich meine Gedanken nicht steuern oder ausblenden konnte, dann träumte ich von ihm. Und am Morgen war ich jedes Mal aufs Neue verstört, verletzt und unendlich müde.

Was blieb mir anderes übrig, als zur Tagesordnung überzugehen? Ich war schon als Kind vernünftig und bin noch immer sachlich und besonnen. Kurz gesagt: normal langweilig. Ich mag keine Dramen und bin auch nicht gut im Klagen und Jammern. Deshalb bedauert mich auch niemand.

*****

Mir fällt es schwer, loszulassen. Ich mag es nicht, wenn sich mein Umfeld verändert und komme mit Trennungen überhaupt nicht zurecht, obwohl ich in meinem Leben schon viele Verluste und Veränderungen verkraften musste.

Die erste schwere Trennung, die ich erlebte, war die von meiner Schwester. Ich war damals acht oder neun Jahre alt, Jante ist zehn Jahre älter als ich. Sie war mein Vorbild und ich wollte immer so werden wie sie: so groß, so schön, so mutig und so sanft. Mir gefiel es, wenn sie mir vorlas, mit mir spazieren ging, mir Geschichten erzählte.

Sie lernte in Bergen Krankenschwester. Nach der Ausbildung fuhr sie in den Urlaub und kam nicht mehr zurück. Zuerst glaubten die Eltern, ihr sei etwas zugestoßen, doch irgendwann erfuhren wir, sie sei einem Kloster beigetreten. Dabei ist keiner aus unserer Familie katholisch, auch Jante nicht. Zumindest ging sie niemals in die Kirche.

Wir haben nie erfahren, ob ihr etwas Schlimmes widerfahren ist und sie im Kloster Zuflucht suchte. Wenn sie schon in einem Kloster leben muss, warum nicht in dem in Bergen, wo wir sie sehen könnten? Doch Jante lebt auf einer Insel mitten im Meer und kommt niemals mehr nach Hause.

Während der ersten Jahre habe ich viel geweint, weil ich sie so schrecklich vermisste. Mit der Zeit habe ich gelernt, weniger und immer weniger an sie zu denken, damit es nicht mehr so weh tut, dass sie weg ist.

Erst zwölf Jahre später sah ich sie wieder. Ich habe sie besucht, kurz bevor ich Björn heiratete. Man kann die Insel als Tourist kennenlernen und sogar einige Tage im Kloster leben. Mir war es trotz der vielen Leute aus aller Herren Länder viel zu einsam dort. Warum möchte jemand einsam sein? Was suchte Jante in solch einem abgelegenen Kloster? Sie sagte, sie fühlt sich in der Stille und diesem speziellen Licht Gott besonders nahe. Aber ist Gott nicht überall, falls man an ihn glaubt? Um Gott nahe zu sein, muss man sich weder in einem Kloster noch auf einer Insel verstecken.

Ich fühlte keine Nähe mehr zu meiner Schwester, als sie so vor mir stand. Sie war mir direkt fremd in ihrem Ordensgewand mit dem Schleier, der nur das Gesicht frei ließ. Sie machte keine Anstalten, mich zu umarmen. Doch sie lächelte. Galt das Lächeln mir? Oder lächelte sie einfach so vor sich hin?

Sie fragte nach den Eltern, aber sie fragte nicht, wie ich als kleines Mädchen ohne sie zurecht kam. Wusste sie nicht, wie verlassen ich mich gefühlt hatte? Die gleiche Verlassenheit fühlte ich in dem Moment des Wiedersehens, denn Jante hatte sich so stark verändert, dass ich in ihr kaum meine Schwester wiedererkannte.

Deshalb konnte ich mit ihr sprechen wie mit der Bäckersfrau von nebenan und habe erst hinterher geweint. Um den Verlust meiner Schwester, die ich ganz anders in Erinnerung hatte, viel wärmer, viel herzlicher, viel persönlicher.

Ich habe nie wieder einen Versuch unternommen, mit ihr in Kontakt zu treten. Es bringt nichts, sich zu verzehren. Man muss den Dingen ins Auge sehen oder sich sagen:

Aus den Augen – aus dem Sinn.

*****

Auch meinen Bruder habe ich verloren, wobei verloren nicht das richtige Wort ist. Wir haben uns als Kinder nie wirklich verstanden, weil wir einfach zu verschieden sind. Eldar liebte schon immer das Meer und verbrachte seine gesamte Freizeit am und auf dem Wasser, während ich lieber auf die umliegenden Hügel kletterte. Von dort sah man zwar noch mehr Wasser als vom Strand oder vom Hafen, doch auch die bunten

Häuser der Stadt und die Felsen und Wälder ringsum. Ich mag Häuser und Felsen, aber das Meer mag ich nicht.

Wir fanden nichts, was uns beide gleichermaßen interessierte. Zwar haben wir in den langen Wintern gern gelesen, doch nie die gleichen Bücher. Eldar las Schiffsabenteuer und ich von fernen Ländern. So gab es nichts, worüber wir miteinander sprechen konnten.

Mein Bruder wurde Steward auf einem Linienschiff und befindet sich monatelang auf See. Nicht einmal zu meiner Hochzeit konnte er kommen, auch Jante nicht.

Deshalb beschlossen wir, nur mit unseren Eltern zum Standesamt zu gehen. Natürlich an einem Freitag, am Friggas-Tag, dem Tag der Göttin der Ehe. Meine Mutter war damit zufrieden, doch Björns Mutter lange verärgert. Sie sagte, dass eine Heirat nicht nur Braut und Bräutigam und deren Familien betreffe, sondern ein gesellschaftlicher Anlass ist, der gebührend zelebriert und gefeiert werden muss.

Eldar kam auch nicht zur Geburt der Mädchen, nicht einmal zu Vaters Beerdigung.

Vater war ein sehr ungewöhnlicher Mann, denn normalerweise reden Norweger wenig bis gar nicht, doch Vater sprach sehr viel. Er arbeitete als freier Handelsvertreter für eine deutsche Firma, die Diamantwerkzeuge herstellte. Wir sahen ihn kaum, manchmal nicht einmal am Wochenende. Doch wenn er daheim war, hörte man ihn laut lachen und erzählen. Meist kam die ganze Nachbarschaft zusammen und freute sich über seine Geschichten. Er nahm Mutter in die Arme und wirbelte mit ihr im Kreis. Dann lachte sie.

Doch sie lachte nie, wenn Vater nicht daheim war. Manchmal fuhr er mit einem Freund und dessen Boot hinaus aufs Meer, manchmal nahmen sie Eldar mit. Dann weinte Mutter. Sie hatte eine übertriebene Angst vor dem Wasser und glaubte, es würde Menschen verschlingen, ihren Mann und auch ihren Sohn.

Heute scheint es mir, als hätte sie geahnt, dass Vater eines Tages nicht mehr zurückkommt und im Meer ertrinkt. Denn genauso ist es geschehen.

*****

Mutter kam vor mehr als fünfzig Jahren als Freiwillige für ein soziales Projekt von Berlin nach Bergen. Sie mochte die kleinen Häuser und die norwegische Mentalität. Also blieb sie, heiratete und bekam drei Kinder. Obwohl sie sehr schnell die Landessprache lernte, sprach sie mit uns Kindern konsequent Deutsch. Ich habe das damals gehasst und ihr ebenso konsequent auf Norwegisch geantwortet. Heute bin ich ihr dankbar, denn heute profitiere ich davon, die deutsche Sprache zu beherrschen. Zusätzlich zu Englisch lernte ich in der Jugendschule Spanisch, für das Abitur wählte ich die sprachliche Richtung.

Irgendwann erzählte mir Mutter ihre traurige Geschichte. Sie war erst neun Jahre alt, als ihre Mutter kurz nach der Geburt ihres dritten Kindes starb. Der Vater fing an zu trinken und versorgte das Baby nicht. Das überließ er seiner Tochter, meiner Mutter, die sich nach der Schule um das Kleine und den Haushalt kümmerte. Eines Tages holte man die Kinder direkt von Schule und Kindergarten ab und brachte sie ins Heim. Die beiden jüngeren Geschwister wurden recht bald adoptiert und Mutter an ihrem 18. Geburtstag aus dem Heim entlassen. Sie erfuhr nie, wo ihre Geschwister lebten; das sei aus Datenschutzgründen nicht erlaubt.

Kurz nach Vaters Tod ging Mutter nach Australien. Ich weiß bis heute nicht, warum.

Ich fühlte mich schrecklich allein. Vater hatte keine Verwandten in Norwegen, nur eine greise Tante, die seit vielen Jahren in einem Heim lebte. Mutter hatte zwar Geschwister, doch sie wusste nicht, wo diese lebten. Auch zu meinen beiden Geschwistern gab es keinen Kontakt, weil Eldar immer unterwegs auf See war und Jante zurückgezogen in ihrem Kloster lebte.

Deshalb zögerte ich keinen Augenblick, als Björn vorschlug, nach Deutschland zu gehen. Seine Eltern besaßen in Chemnitz ein Haus in einer ruhigen Siedlung und hatten ihm gesagt, dass eines der Nachbarhäuser zum Verkauf steht.

Sie übernahmen dreißig Prozent der Kaufsumme, so dass wir mit einer angenehm niedrigen Monatsrate über die Runden kamen. Schon Björns Großeltern hatten Geld und hinterließen ein reiches Erbe. Das war nie ein Geheimnis, aber sie protzen nicht. Auch Björn nicht. Ich spürte es nur an seiner nachlässigen Art im Umgang mit Menschen und Dingen, während ich in Geldangelegenheiten schon immer eher ängstlich und sparsam bin.

Es ist ein hübsches Haus mit einer großen, offenen Wohnküche, fünf Schlafräumen und einem großen Garten. Wir wohnen am Ende dieser Straße, einer Sackgasse, die dort breit genug zum Wenden der Fahrzeuge ist. Hierher verirrt sich kein Fremder, man sieht nur Leute, die hier wohnen und deren Besucher. Deshalb kennen sich alle - manche mehr, andere weniger.

Was mir besonders gefällt, sind die hohen Bäume in der Straße. Es gibt Kastanien und Linden. Bei uns daheim in Bergen dominieren die Nadelbäume, die Fichten. Linden gibt es auch, nur duften sie nicht so betörend stark und süß wie hier.

*****

Kaum hatten wir das Haus bezogen, veränderte sich Björn. Schon an seinem ersten Arbeitstag beklagte er sich, die Deutschen seien pingelig, jammern zu viel und lieben ihr eigenes Land nicht. In Norwegen ist es üblich, alle Leute zu duzen, was in Deutschland bei einigen Kollegen und bei seinen Chefs nicht gut ankam.

Ich dagegen fühlte mich sofort wohl in Chemnitz und begrüßte zum Beispiel die nur halb so hohen Lebenshaltungskosten und dass ich die Zahnarztrechnungen nicht mehr privat tragen musste. Es gefiel mir, dass die Männer nicht ganz so selbstherrlich herumstolzierten wie in Bergen.

Chemnitz ist so ganz anders als meine Heimatstadt Bergen, obwohl beide etwas etwa gleich groß sind. Ich mag die Häuser, das viele Grün, die Innenstadt aus einem Mitschmatsch von alt und neu. Die Hügel im nahen Erzgebirge sind nicht so hoch wie die Berge in Norwegen, der höchste Gipfel ist kaum höher als die sieben Stadthügel rund um Bergen. Besonders freut mich, dass es hier erheblich weniger regnet als in meiner Heimat und viel wärmer ist. Ich habe gelesen, dass Chemnitz die sonnenreichste Großstadt des Landes ist.

Auch meine Töchter Emma und Anja haben sich sofort wohlgefühlt und Freunde gefunden. Sie hatten keine Probleme mit der Sprache, weil ihre beiden Omas mit ihnen oft Deutsch sprachen, was sich jetzt auszahlte.

Björn schimpfte nicht nur auf die Deutschen, sondern vor allem mit mir, alles machte ich in seinen Augen falsch. Ich war ihm nicht ordentlich genug. Plötzlich sollte ich täglich kochen, was ich noch nie gemacht hatte. Er verlangte neben Fischgerichten jeden zweiten Tag Rommegrot, eine süße Speise aus saurer Sahne, Grieß und viel Butter, obwohl er wusste, dass sie mir und den Mädchen zu fettig ist. Zum Frühstück verlangte er eingelegten Hering, das jahrelang gewohnte Müsli mit Obst und Joghurt hielt er auf einmal für Männer nicht geeignet.

Er nannte mich unwillig, weil ich mich nicht für Technik interessierte. Ich mag Technik, doch ich will nicht wissen, wie ein Computer oder Auto funktioniert. Ich will nur wissen, wie ich es bedienen muss.

Wir fingen an, uns zu streiten über belanglose Dinge wie das Waschbecken im Bad, das einen langen Riss hatte. Er wollte es nicht austauschen, obwohl ich ihn darum bat.

Machte ich ihn darauf aufmerksam, dass das Wasser in der Dusche nicht abfließt, schaute er nicht einmal von seiner Zeitung auf.

„Vermutlich ist es verstopft", hakte ich nach.

Er nickte nur, verließ aber nicht seinen bequemen Platz auf dem Sofa.

„Mach endlich was!", forderte ich verärgert.

Doch es half nichts, er tat nichts mehr im Haus, gar nichts.

Er knallte mit jeder Tür, die ihm in die Quere kam: Badtür, Stubentür, Haustür, Autotür.

Anfangs grübelte ich darüber nach, was ich falsch gesagt oder gemacht hatte. Wenn ich ihn fragte, schrie er mich an, ich solle ihn in Ruhe lassen, wenigstens fünf Minuten am Tag. Dabei war er kaum noch daheim. Doch sobald er daheim war, herrschte eine unangenehm angespannte Stimmung, die ich immer weniger ertrug.

Anja war noch klein und fing an, sich vor ihrem Vater zu fürchten. Emma ging ihm aus dem Weg.

Ich nannte ihn einen grässlichen Choleriker und er schimpfte mich eine hysterische Kuh.

„Wenn ich in Wut gerate, dann allein wegen dir! Niemand sonst bringt mich so in Rage wie du!"

„Lass ihn doch schreien!", riet mir Nicole. „Er schreit nicht *dich* an, weil er ein Problem mit *dir* hat, sondern eines mit sich selbst."

Warum sagt er nicht, was ihn bedrückt? Ich bin seine Frau, ich würde ihn verstehen und ihm helfen. Was ihn betrifft, betrifft auch mich.

„Schrei nicht so!", bat ich.

„Der Ton macht die Musik!", brüllte er.

„Genau das meine ich. Rede vernünftig mit mir!"

„Mit dir? Du bist die Letzte, mit der man vernünftig reden kann."

Dabei schaute er mich derart hasserfüllt an, dass es mir eiskalt den Rücken herunter lief und ich zurückzuckte.

Auch er zuckte zurück und zeigte mir eine betroffene Miene, was mich sofort milde stimmte.

Ich lächelte ihn an, er lächelte zurück. Doch es war kein echtes Lächeln, eher ein verkrampftes und zugleich spöttisches, das mich irritierte.

„So solltest du nicht mit mir reden", sagte ich leise.

„So sollte ich nicht mit dir reden?"

An seiner Tonlage und seiner Mimik merkte ich, dass er mich nachäffte. Machte er sich lustig über mich? Merkte er nicht, wie unglücklich ich war?

Von diesem Tag an äffte er mich ständig nach. Strich ich mir die Haare aus dem Gesicht, tat er das ebenfalls – nur mit übertriebener Geste. Er wiederholte alles, was ich sagte in einem kindlich quäkendem Ton. Anfangs habe ich gelacht. Doch ich merkte bald, dass er mich nicht erheitern, sondern verletzen wollte.

Ich hatte im Internet gelesen, dass das Spiegeln eine manipulative Kommunikationsart ist, die bei Verkaufsgesprächen und Psychologen angewandt wird, auch gern von Erziehern. Vermutlich hatte er das in seiner neuen Arbeitsstelle gelernt und probierte diese unangenehme Technik an mir aus.

Er stürzte sich auf meine Worte wie ein strenger Richter und verdrehte sie zum Gegenteil, so dass ich nicht mehr weiter wusste und am Ende weinte. Meine Hilflosigkeit legte er als Starrsinn aus, was ihn noch wütender machte.

Ich weiß, dass Zorn ein ganz normales Gefühl ist, das man erleben und nicht beurteilen soll. Es ist wie alle anderen Gefühle eine Form der Kommunikation. Und doch kam ich mit Björns Zorn nicht zurecht, weil er direkt gegen mich gerichtet war und unser Zusammenleben zerstörte. Ich war wie gelähmt und mir war es nicht mehr möglich, auf seine Wutausbrüche zu reagieren. Ich versuchte nur noch, ihm aus dem Weg zu gehen, um jeden Streit zu vermeiden, doch es gelang mir nicht.

Früher hielten wir schlechte Stimmungen nur wenige Minuten aus und versöhnten uns spätestens abends im Bett, wenn der Sex alles wieder gut machte.

Doch es gab keinen Sex mehr. Er küsste mich nicht einmal. Nicht, wenn er aus dem Haus ging und auch nicht, wenn er von der Arbeit kam und schon gar nicht ohne jeden Grund. Überhaupt nicht. Wollte ich ihn küssen, brummte er: „Lass das!"

Wenn er früher in der Nacht zu mir ins Bett kam, nahm er mich wortlos in den Arm. Er musste nichts sagen, ich wusste auch so, dass alles in Ordnung war. Selbst, wenn ich noch kurz zuvor verärgert war, beruhigte ich mich sofort und vergaß im gleichen Moment allen Streit des Tages. Meist hatte ich kalte Füße und Hände, doch seine Nähe durchwärmte meinen ganzer Körper.

Später in Deutschland hatte ich das Gefühl, neben ihm im Bett zu erfrieren – so eine Kälte strahlte er aus. Dann nahm ich meine Bettdecke und legte mich aufs Sofa in der Stube.

Obwohl mir unser Hund sofort Gesellschaft leistete, fühlte ich mich allein gelassen, verstoßen. Davon merkte er nie etwas. Ich fehlte ihm nicht. Er schlief. Wenn ich mich darüber beklagte, sagte er: „Es war deine Entscheidung, das Bett zu verlassen, nicht meine."

Björn trank in Deutschland erheblich mehr Bier und Schnaps als früher, denn man bekommt den Alkohol recht günstig und vor allem bequem in jedem Supermarkt und jeder Tankstelle – nicht wie in Norwegen in speziellen staatlichen Läden.

Ich beschwerte mich: „Wir sitzen am gleichen Esstisch, wir schauen vom gleichen Sofa aus den gleichen Film und wir liegen in der Nacht im gleichen Bett. Aber wir machen nichts zusammen."

„Was denn noch? Immer musst du meckern und mir die Stimmung verderben!"

Anfangs fand ich leicht Erklärungen für seine üble Laune. Ich schob sie Ärger mit der ungewohnten neuen Arbeit zu oder dem Leben in einem Land, dessen Sprache er zwar verstand, die ihm aber fremd war. Ich glaubte, ihm fehlen seine Freunde und kam nicht auf die Idee, dass er mich nicht mehr liebte.

Der italienische Frauenheld Casanova sagte einmal, dass die Liebe zu drei Vierteln aus

Neugier besteht. Ist Björns Neugier gestillt?

Nicole meinte damals, dass er eine andere Frau hätte so wie ihr Mann, der sie ständig betrog. Sie störte das nicht, ihr war nur wichtig, dass er sie und die Kinder finanziell gut versorgte.

„Du darfst von Männern nicht zu viel erwarten!", riet sie mir. „Ein Mann kann dir nicht alles geben, was du brauchst. Er denkt anders als du, er fühlt anders als du, er handelt anders als du. Nimm sein Geld und lasse ihn machen, wozu immer er Lust hat!"

So stellte ich mir keine Ehe vor und so wollte ich auch nicht leben, nicht einmal mit Björn.

„Sei froh, wenn du deine Ruhe vor ihm hast! Ich lege jedenfalls keinen Wert darauf, dass mich mein Mann mit seinen ungeschickten dicken Fingern befummelt. Das darf er gern bei anderen Frauen tun."

Dass Björn mich betrog, glaube ich bis heute nicht. Ich war nie eifersüchtig, doch seit er nicht mehr bei mir ist, ertrage ich den Gedanken nicht, dass er andere Frauen küsst.

Ich weiß, dass das absurd ist. Hätte ich ihn verlassen und nicht er mich, wären mir seine Liebschaften sicher gleichgültig.

Heute bin ich lieber allein, als mit jemandem zusammen, der mir das Gefühl gibt, allein zu sein.

*****

In Norwegen wird die Ehe einfach aufgehoben, wenn man dies wünscht und ein Jahr getrennt gelebt hat. Es gibt kein Verfahren und somit entstehen auch keine Kosten. An das gesetzlich festgelegte Umgangsrecht können wir uns wegen der Entfernung zwischen Bergen und Chemnitz allerdings nicht halten, das gemeinsame Sorgerecht bleibt davon unberührt. Deshalb einigten wir uns auf nur zwei Besuche pro Jahr und einen höheren Unterhalt für die Kinder.

Größere Kinder dürfen frei entscheiden, bei welchem Elternteil sie leben möchten, doch Anja war bei der Trennung erst drei und Emma sechs Jahre alt. Wir waren uns einig, dass wir die Mädchen nicht trennen und ihnen auch keinen neuen Umzug zumuten. Hier in Chemnitz hatten sie sich eingelebt, die Großeltern lebten in der Nähe und beide besuchten eine Ballettschule, deren Kosten Björn übernahm.

Dafür kommt er heute noch auf, zahlt auch die Sportkleidung und ihrem Alter entsprechend Taschengeld: Anja ist inzwischen neun Jahre alt und bekommt deshalb 90 Euro, Emma 120

Euro im Monat. Mir erscheint das zu hoch, doch zu viel ist immerhin besser als zu wenig.

Zuerst fühlte ich mich wie gelähmt, als Björn weg war und es nichts mehr zu besprechen und zu klären gab. Ohne unseren täglichen Streit war es gespenstisch still im Haus.

Das Haus! Es gehörte fast zur Hälfte Björns Eltern. Ich hatte Angst, dass das Konsequenzen für mich bedeutete. Doch sie beruhigten mich schnell: „Wir haben euch das Haus vorgeschlagen und euch gedrängt, es zu kaufen. Wir wollten euch bei uns haben. Björn ist freiwillig weggegangen, doch du und die Mädchen sind uns geblieben. Das freut uns sehr."

Mir ist vor Erleichterung ein ganzer Felsbrocken vom Herzen gefallen.

In Norwegen gilt man nach einer Trennung nicht als geschieden, sondern als ledig. Folglich gab es für mich keinen Unterhalt. Ich musste also sofort eine Arbeit finden.

Mit meinem Bachelor-Abschluss in Politikwissenschaft hätte ich mich im Stadtamt bewerben können, doch dazu hatte ich keine Lust. Früher wollte ich unbedingt Journalist werden und über fremde Länder und ihre Menschen mit ihren Traditionen berichten.

Doch reisen kam nicht in Frage, weil die Mädchen noch klein waren. Deshalb suchte ich nach einer Arbeit, die ich von daheim ausüben und wobei ich meine Zeit frei einteilen konnte. Ich habe lange darüber nachgedacht, was genau ich tun könnte. Ich kann viele Dinge gut und einige sogar viel besser als andere Leute, aber nichts kann ich so herausragend gut, dass ich es zu meinem Beruf machen könnte.

Doch wenn man zu lange nachdenkt, entscheidet man sich nicht. Das Leben geht so oder so weiter, ob man sich nun für oder gegen etwas entschieden hatte.

Was also liegt mir? Was mache ich gern?

Am liebsten lese ich. Lesen ist für den Geist, was das Tanzen für den Körper ist. Deshalb kam mir recht bald die Idee, norwegische Romane ins Deutsche zu übersetzen. Leider fand ich keinen einzigen Verlag, der an Übersetzungen interessiert war. Man riet mir, Firmen anzusprechen und für sie Werbebroschüren, Geschäftsberichte und Betriebsanleitungen zu übersetzen.

Diese Arbeit ist schwieriger als gedacht, weil ich viel recherchieren muss, um erst einmal die technischen Hintergründe zu verstehen. Doch ich bin mir sicher, die richtige Wahl getroffen zu haben. Das Übersetzen macht mir Freude und verbindet mich durch die Sprache mit meiner norwegischen Heimat.

Inzwischen habe ich einen festen Kundenstamm und kann gut von meiner Arbeit leben.

Für Björn ist meine neue Arbeit als Übersetzer keine richtige Arbeit, er spottete: „Sie passt zu dir, denn du musst dabei nicht denken! Du benutzt fremde Ideen und setzt ihre Worte einfach eins zu eins um."

„Das stimmt so nicht!", versuchte ich, meine Arbeit zu verteidigen, doch Björn war an keiner Erklärung interessiert.

„Zu jeder Arbeit gehört ein bestimmter Charakter. Du hast keinen Charakter, keine Persönlichkeit, bist labil und haltlos."

Es machte mich traurig, dass mich Björn nach so vielen gemeinsamen Jahren komplett falsch einschätzte.

Labil bedeutet, dass ich zu Veränderungen neige, zu Schwankungen. Doch das Gegenteil ist der Fall. Ich wollte mein Leben lang mit Björn zusammenbleiben und daran nie etwas ändern.

Björn hatte mich und die Mädchen verlassen und ich musste lernen, mit der neuen Situation zurechtzukommen.

Grübelnd in der Ecke zu sitzen macht trübsinnig. Einzig wichtig ist, mich auf meine Arbeit zu konzentrieren, denn ich erhalte nur Geld für meine Übersetzungen, wovon ich mit meinen Kindern leben kann.

*****

Ich lebe gern in Chemnitz. Mir gefällt die Stadt, in der es viele Parks und ringsum Wälder gibt. Ich mag auch die Menschen mit ihrem lustigen Dialekt. Er ist sehr weich und nennt sich sächsisch. Viele Worte konnte ich anfangs nicht verstehen und somit auch nicht das, was mir die Leute sagen wollten. Doch daran habe ich mich inzwischen gewöhnt. Einige Kilometer weiter nördlich oder östlich klingt das Sächsisch ganz anders als hier in Chemnitz und weiter südlich heißt es Erzgebirgisch und wirkt auf mich wie eine eigene Fremdsprache. Ich höre es trotzdem gern.

Besonders große Schwierigkeiten hatte ich mit den allgegenwärtigen Schimpfworten Ossi und Wessi. Ich begriff zwar, dass es mit der Grenze zwischen Ost und West zu tun hatte, verstand aber den Sinn nicht, zumal es die DDR seit dreißig Jahren nicht mehr gibt und eine völlig neue Generation herangewachsen ist.

Mein Nachbar Florian erklärte es mir so: „Ossis und Wessis sind wie zwei verschiedene Hunderassen. Der Wessi ist ein Mischling, der sich je nach Lust und Laune frei entfalten kann. Er sorgt sich nicht, weil er weiß, dass er immer genug zu fressen und eine schöne warme Wohnung hat. Der Ossi dagegen ist ein Zuchttier, haust in einem engen Zwinger, bekommt das Futter zugeteilt, fürchtet seinen Herrn und verbellt seine Artgenossen. Jetzt fehlt der sichere Zwinger und es fehlt die Anleitung zu unterscheiden, was gut und was schlecht für ihn ist.

Es wird noch viel Zeit vergehen, bis sich Ossi und Wessi verstehen."

Über diesen seltsamen Vergleich habe ich lange nachgedacht. Doch er hat mir die gewaltigen Unterschiede zwischen Ost und West gezeigt und geholfen, die Menschen zu verstehen – gleichgültig, ob sie gebürtige Ossis oder zugereiste Wessis sind.

*****

In Norwegen gibt man Kinder ab dem achten Monat in eine Ganztagsbetreuung. In Chemnitz sollte das Kind bereits drei Jahre alt sein und möglichst beide Eltern arbeiten. Doch nur Björn hatte eine Arbeitsstelle, weshalb die Mädchen bei mir daheim bleiben mussten. Als Björn später zurück nach Norwegen ging, bekam ich für beide Mädchen sofort einen Platz, denn jetzt war ich alleinerziehend, das hatte Vorrang.

Leider ist hier die Betreuung erheblich teurer als in Norwegen, auch wenn ich als Alleinverdiener weniger bezahlen muss als Komplettfamilien.

Zum Glück übernahm Björn ohne Diskussion die Hälfte des unglaublich hohen Monatsbeitrages. Seine Eltern holten die Mädchen pünktlich aus der Kita ab, wenn ich dies wegen eines wichtigen Termins nicht selbst tun konnte, denn jedes Überschreiten der vereinbarten Betreuungszeit kostet satte Strafgebühren.

Eines Morgens brachte ich wie immer um neun Uhr die Mädchen in den Kindergarten. Anja sprang fröhlich einem großen stämmigen Mann entgegen, der sich als der neue Erzieher vorstellte. In Norwegen sind männliche Angestellte in Kitas nicht so selten wie hier, trotzdem halte ich nichts davon und schaute den Typ verärgert an.

Doch er zuckte mit der Schulter und brummte: „Wird halt supergut bezahlt."

Das ärgerte mich noch mehr und ich sagte abfällig: „Typisch Mann! Es zählt nur das Geld und nicht die Arbeit."

„Typisch Frau!", gab er zurück.

„Typisch Frau wäre Erzieher für kleine Kinder, ein echter Kerl arbeitet auf dem Bau oder in der Autoindustrie."

Der Mann lachte mir frech ins Gesicht und ging davon. Ich beschwerte mich über ihn sofort bei der Leiterin und verlangte, dass mein Kind wie gewohnt von einer Frau betreut wird.

Doch sie schüttelte den Kopf und erklärte: "Besonders für Anja ist der enge Kontakt zu einem Mann wichtig, weil ihr Vater im Ausland lebt und sie keine männliche Bezugsperson hat."

Diese Begründung machte mich sprachlos. Ich drehte mich wortlos um und nahm Anja wieder mit nach Hause.

Das hätte ich nicht tun sollen, denn sie ließ mich keinen Augenblick meine Arbeit tun, weil sie ständig Spielsachen anschleppte, pausenlos plapperte und mich nicht in Ruhe ließ. Sie konnte sich nicht wie Emma selbst beschäftigen. Das hätte mir klar sein müssen.

Ich musste nun die halbe Nacht durcharbeiten, um die verlorenen Stunden vom Tag wieder aufzuholen. Als selbständiger Übersetzer habe ich mich an die Terminvorgaben meiner Kunden zu halten.

Am nächsten Tag brachte ich Anja wieder in den Kindergarten. Und wieder wurde sie von diesem Mann empfangen.

„Ich bin Philipp. Schön, dass Anja wieder hier ist", empfing er uns, was mich sofort wieder ärgerte.

Doch ich hatte keine Wahl. Ich musste sie im Kindergarten lassen, um meine Arbeit pünktlich abliefern zu können.

Philipp sah furchtbar aus. Er trug einen langen, recht ungepflegten Pferdeschwanz und einen dichten Vollbart. Der lange Zopf wirkte lächerlich für diesen kräftigen Kerl und passte nicht zum Bart, der wiederum nicht passend für kleine Kinder ist. Sie bekommen Angst vor Männern mit Bärten.

Ich zeigte auf seine Arme und fauchte: „Tätowiert sind Sie also auch! Das gefällt mir nicht."

Er lachte und zeigte auf die Kinder.

„Denen gefällt´s! Außerdem sind die meisten Eltern der Kinder ebenfalls tätowiert."

Ich nahm mir vor, mich sofort nach einer anderen Einrichtung umzusehen.

Umgesehen habe ich mich, doch es gab keinen einzigen freien Platz, schon gar nicht von heute auf morgen und vor allem nicht in unmittelbarer Nähe. Also brachte ich Anja weiterhin in ihren Kindergarten.

Jeden Tag kam uns Philipp entgegen und jeden Tag sprang ihm Anja freudig in die Arme. Sie mochte ihn und ich hasste ihn. Doch was konnte ich machen? Ihm sagen, dass er nicht gut für mein Kind ist, obwohl Anja so übermäßig von ihm schwärmte?

*****

Drei Jahre später freute sie sich auf die Schule, doch sie bestand auf einer Abschiedsparty und lud Philipp zu uns ein, außerdem noch drei Kinder aus der Nachbarschaft. Zum Glück war Sommer und das schöne Wetter passte zu einem Gartenfest.

„Was feiert ihr denn?", rief Nicole über den Zaun, als sie sah, wie ich auf der Terrasse den Tisch deckte.

„Ach", winkte ich etwas genervt ab, „meine Kleine hat sich in ihren Kita-Betreuer verguckt."

„Ein Mann!", kreischte sie.

Sofort bereute ich, ihr davon erzählt zu haben. Doch nun war es heraus.

„Wäre der etwas für dich?" Sie drohte mir lachend mit dem Finger. „Gib es zu: Du bist scharf auf ihn und Anja ist nur ein Vorwand."

Nicole flirtet jeden Mann an, obwohl sie verheiratet ist. Soll sie mit diesem Philipp herumturteln und ihn mir vom Hals halten!

„Komm rüber! Dann lernst du ihn kennen."

Das tat sie auch. Doch weder ihr enger Pulli noch die knappe Hose, nicht ihre Blicke, eindeutige Gebärden und „zufällige" Berührungen weckten Philipps Aufmerksamkeit. Er kümmerte sich ausschließlich um die Kinder und strahlte eine unglaubliche Ruhe aus. Nicht ein einziges Mal musste er seine Stimme heben. Die Kinder spielten begeistert alles mit, was er vorschlug, ohne schreiend im Garten herumzurennen. Zudem hatte er eine Gitarre dabei und sang lustige Reime. Jedenfalls hatte ich an diesem Nachmittag so viel Spaß, dass ich meinen ganzen Ärger auf diesen Mann vergaß.

*****

Lange Rede, kurzer Sinn: Wir wurden kurz darauf ein Paar und Philipp zog unverzüglich bei uns ein. Die Mädchen waren überglücklich – ich auch, obwohl er meinen gesamten Haushalt durcheinander brachte. Das heißt: Er schaffte Ordnung. Das war ich nicht gewöhnt.

Mich störte es nicht, wenn Kleidung oder Spielzeug herumlag. Ich war auch nie hinterher, täglich zu saugen und schon gar nicht zu kochen. Zum Frühstück gab es Cornflakes, am Abend Brot mit Käse und das Mittagessen für die Kinder in der Schule. Am Wochenende bestellte ich Pizza oder wir gingen zu McDonald.

Philipp hielt das für ungesund. Ich wollte nicht mit ihm streiten, da er sich um alles kümmerte, einkaufte, putzte und sogar kochte. Ich ließ ihn einfach machen, was er für richtig hielt. Warum auch nicht?

Gleich am ersten Tag verkündete er: „Als erstes bauen wir uns ein Riesenkuschelbett."

Die Mädchen waren sofort begeistert, weil sie das schon aus dem Kindergarten kannten. Ich hielt nichts von der Idee, *mein* Schlafzimmer in eine zwei mal vier Meter große Schlafstätte für uns alle vier umzuwandeln und jede Nacht mit meinen Kindern und meinem Freund in einem einzigen Bett zu verbringen. Ich liebe meine Töchter und möchte sie so oft und so nah wie möglich bei mir haben. Doch in der Nacht gehört jede in ihr eigenes Bett. Mir fiel ein, wie breit sich Emma immer macht und oft mit ihren Armen und Beinen um sich schlägt und Anja sich wie eine Katze zusammen kringelt und dabei ihren Kopf am liebsten auf meinen Bauch legt. Den Sex könnte man komplett vergessen oder aufs Sofa verbannen.

„Wissenschaftler haben herausgefunden, dass es gut für die psychische Entwicklung der Kinder ist", erklärte Philipp.

„Ich bin kein Wissenschaftler und habe herausgefunden, dass ich besser schlafe, wenn meine Kinder in ihren eigenen Betten sind."

Ich erinnere mich an einen Film über ein armes Bergdorf, wo alle sechs Kinder auf einer einzigen Matratze auf dem Spitzboden schlafen mussten, die Eltern teilten sich ein schmales Bett in einer Kammer neben dem Stall. Heute hat jedes Kind, selbst Sozialhilfeempfänger, ein eigenes Zimmer mit einem Bett ganz für sich allein. Das halte ich für ganz normal für eine gesunde Entwicklung.

Später erfuhr ich, dass diese Riesenfamilienbetten bereits seit vielen Jahren beliebt und für viele tatsächlich ganz normal sind. Alle schlafen in einem Bett, bis die Kinder eines Tages von selbst den Wunsch äußern, in ihrem eigenen Bett in ihrem Zimmer zu bleiben.

Leider hatte Philipp kaum Interesse an Zärtlichkeiten oder gar Sex. Er war aufmerksam zu mir und zu den Kindern. Mehr nicht.

Philipp war Frühaufsteher. Zugleich mit dem Weckerklingeln sprang er aus dem Bett direkt in den Tag, machte das Frühstück und lärmte dabei das ganze Haus wach. Daran habe ich mich nie gewöhnen können, obwohl es bequem war, sich jeden Morgen an den gedeckten Tisch zu setzen.

An Björn hatte ich mich morgens angekuschelt und zehn Minuten seine Nähe genossen, ehe er sich langsam von mir löste und ins Bad ging. Dann quälte auch ich mich aus dem Bett, um die Kaffeemaschine anzuschalten und die Mädchen zu wecken. Das fand ich viel angenehmer, auch wenn wir uns danach beeilen mussten, um rechtzeitig zur Arbeit und zur Schule zu kommen.

Aus jeder Kleinigkeit machte Philipp ein Ereignis, auch aus ganz normalen Mahlzeiten. Wenn er kochte, spannte er uns alle ein, sang lustige Reime und tat so, als sei das Essen ein Spaß. Mir ging mir seine ständig gute Laune auf die Nerven. Ich konnte nicht rund um die Uhr fröhlich sein und über seine alberne Späße lachen.

„Du bist viel zu ernst!", warf er mir vor.

„Und du bist mir zu kindisch", konterte ich.

Ich wusste nie, ob er das, was er sagte, ernst meinte oder nur wieder seine Späße machte. Er kam mir vor wie ein Fisch, den man nicht fassen kann.

Er mochte es nicht, dass ich zu jedem Thema eine Meinung hatte. Ich dagegen erwarte, dass jeder eine Meinung hat, auch wenn sie anderer Meinung sind als ich. Ich verzeihe den Leuten nicht, wenn sie keine eigene Meinung haben oder diese für sich behalten.

Es störte mich auf einmal, dass Philipp so viel Platz brauchte. Die gesamte Arbeitsfläche und der Tisch waren mit diversem Gemüse, Messern, Schöpfkellen und Tüchern voller Abfall belegt. Auf dem Sofa beanspruchte er breitbeinig die Mitte und überließ mir den Rand, den Mädchen den Teppichboden. Ich weiß, dass er es nicht böse meinte, aber mich störte es von Tag zu Tag mehr.

*****

Eines Abends, nachdem wir drei Jahre zusammenlebten, sagte Philipp wie nebenbei: „Ich wandere nach Australien aus."

Er habe bereits das Visum beantragt, das erforderliche Geld beisammen und sogar einen Job als social worker.

„Muss es ausgerechnet Australien sein?", wollte ich wissen.

„Am richtigen Ort zu sein, das ist es, worauf es im Leben ankommt."

Ist das andere Ende der Welt der richtige Ort? Meine Mutter scheint das ebenfalls zu glauben. Ich nicht.

Philipp stellte mich genauso wie Björn vor vollendete Tatsachen. Er teilte mir einfach mit, dass er fortgeht und bereits alles organisiert hat. Anders als Björn bat er mich, mit ihm zu gehen. Doch was soll ich in Australien? In der Wildnis! In der Fremde. Ich hatte schon einmal ein Land verlassen und wollte diese Erfahrung nicht wiederholen.

„Übersetzen kannst du genauso gut in Australien. Es würde sich nichts für uns ändern!"

Und was ist, wenn er mich nach dem Umzug genauso wie Björn verlässt? Nach Deutschland zurückkehrt, weil er merkt, dass das der richtige Ort für ihn ist?

Nein, ich wollte nicht nach Australien, auch meine Töchter nicht. Beide fühlten sich wohl in ihren Tanzgruppen und Anja hoffte, in der Hochschule für Tanz aufgenommen zu werden. Sie hatte sich zum Eignungstest in der Palucca-Schule angemeldet und wartete jeden Tag ungeduldig auf Post, dass sie zum Vortanzen eingeladen wird.

Am meisten freuten sich Björns Eltern, dass wir nicht fortgehen wollten.

Also ging Philipp allein.

Ich weiß, dass ich ihn niemals wiedersehe, aber das ist nicht tragisch. Das habe ich erst gemerkt, als er nicht mehr da war. Vermutlich war ich nie wirklich in ihn verliebt. Mit Philipp zu leben war bequem für mich und schön für die Mädchen. Er ist der perfekte Partner, das ist mir klar. Doch ich vermisse nicht ihn, sondern seine Ordnung, seine Bereitschaft, uns zu helfen.

Philipp hat einen Platz in meinem Herzen, doch einen recht kleinen.

Den meisten Platz belegt nach wie vor Björn. Und das, obwohl er mich nicht haben will und längst mit einer anderen Frau zusammen ist. Manchmal frage ich mich, ob er mit der Neuen so ist wie er mit mir war. Oder ob er bei ihr ein Anderer ist.

Mich trösten die Mädchen, die beide zur Hälfte aus Björn bestehen, und mich jeden Tag an ihren Vater erinnern. Ich will nicht, dass er mit der neuen Frau neue Kinder hat und ich hoffe, er will es auch nicht.

Unsere Kinder verbinden uns, auch wenn uns sonst nichts mehr verbindet außer einigen Erinnerungen. Leider überwiegen die schlechten, weil sie zuletzt entstanden und die schönen der ersten Jahre überlagern. Doch vielleicht ist das eine Art Schutz, damit ich Björn nicht allzu sehr vermisse.

Mir kommt es fast zynisch vor, dass mich erst die Einsamkeit, nachdem mich Björn und Philipp verlassen hatten, stark gemacht hat. Ich bin nicht daran zerbrochen, sondern erst nach der Trennung ich selbst geworden – so seltsam das klingen mag. Ich treffe meine Entscheidungen als Ich und nicht als Teil eines Paares.

Trotzdem fehlt mir Björn nach wie vor. Obwohl ich nun schon sieben Jahre ohne ihn lebe, kann ich mir ein Leben ohne ihn noch immer nicht vorstellen. Ich kann mir auch nicht vorstellen, dass er ohne mich sein kann. Und doch ist es so.

Wenn ich ihn besonders vermisse, rufe ich mir das schlimme deutsche Jahr ins Gedächtnis, seine Wutanfälle, mit denen er mich quälte. Doch es nützt nichts! Immer wieder schiebt sich ein Bild dazwischen, wie er mich auf seine besondere Art anlächelte, wie besitzergreifend er mich im Arm hielt, damit ich ihm nicht verloren gehe.

Dann schicke ich ihm ein kleines Smiley auf sein Smartphone, damit er weiß, dass ich an ihn denke. Meistens schickte er eines zurück, aber nicht immer.

Während der ersten Zeit lief ich manchmal in den Garten oder durchs Haus, um Björn etwas Wichtiges oder Lustiges zu erzählen. Aber er war nicht da. Das nahm ich ihm übel, weil es mich jedes Mal aufs Neue wie ein Schlag traf.

Alles war mit Erinnerungen vergiftet: der Lehnstuhl auf der Terrasse und das Sofa in der Stube, wo er gerne sein Bier trank, das Unkraut im Garten, das ihn immer ärgerte, das er aber nicht entfernen wollte.

Manchmal, wenn ich in den Spiegel schaute, war mir, als hörte ich ihn flüstern: „Du bist so schön."

In diesem schlimmen deutschen Jahr sagte er das nicht mehr. Er schaute mich auch nicht mehr an, schon gar nicht liebevoll.

Auch Philipp sah mich nicht liebevoll an, nur die Mädchen. Ich war für ihn die Mutter dieser wundervollen Kinder, für die er rund um die Uhr mit seinen Späßen da war. Fand er mich schön? Gesagt hat er es nie.

Björn brauchte seine Freiheit. Es heißt, dass man Männer nicht einengen darf, schon gar keinen Norweger. Er tat, was er wollte und ging früher in Bergen oft mit seinen Freunden wandern und Schi fahren. Manchmal sah ich ihn mehrere Tage nicht, manchmal blieb er mehrere Tage bei mir. Er legte sich nie fest. Das machte mir nichts aus, weil ich mir absolut sicher war, dass wir das perfekte Paar sind und bis zu unserem Lebensende zusammenbleiben. Darüber mussten wir nicht reden, das war für mich absolut klar.

Und doch kam es anders.

Philipp dagegen klebte an mir und den Mädchen und machte keinen Schritt ohne uns. Er ging in kein Sportstudio, joggte nicht durch den nahen Wald und traf sich nie mit irgendwelchen Freunden in der Kneipe. Das hätte mich freuen sollen, doch ich fand es nicht normal.

Deshalb konnte ich mir einfach nicht vorstellen, dass er tatsächlich geht – noch dazu so weit weg.

Und doch ging er fort.

Es ist schon seltsam mit den Menschen. Björn ging in seine Heimat zurück und hat dafür seine Familie verlassen. Philipp wollte so weit wie möglich von zu Hause weg, aber mich und die Mädchen mitnehmen.

Ich dagegen fühle mich hier in Chemnitz wohler als in Bergen, wo ich geboren und aufgewachsen bin, die gleiche Mentalität und die gleiche Weltanschauung habe. Verbindung zu meiner Heimat ist nur noch die Sprache, die ich durch meine Übersetzungen täglich bewahre. Doch das wird immer weniger zugunsten von Englisch, wofür ich immer mehr Aufträge bekomme. Das wundert mich, denn diese Sprache wird bereits früh in der Schule gelehrt, weshalb sie jeder beherrschen sollte.

Die Mädchen weigern sich, mit mir Norwegisch zu sprechen. Sie haben außer zu ihrem Vater keinen Bezug zu dem Land, in dem sie geboren wurden. Das tut mir sehr weh, weil Norwegisch trotz meiner deutschen Mutter meine Muttersprache ist. Heute kann ich ihre Verzweiflung nachempfinden, als ich damals kein Interesse für Deutsch aufbrachte. Ich wollte nur genauso reden wie meine Freunde.

Heute wiederholt sich mit meinen Kindern das Gleiche – nur umgekehrt. Heute versuche ich, meine Töchter zu einer Sprache zu zwingen, die sie nicht wollen. Sie wollen neben Englisch lieber Französisch lernen. Sie sagen, Norwegen sei ein viel zu kleines Land mit viel zu wenig Menschen, die norwegisch sprechen. In China gäbe es ein gutes Dutzend Städte mit einem Vielfachen an Einwohnern, weshalb es sinnvoller wäre, chinesisch zu lernen.

„Oder russisch!", sagt Anja.

Sie schwärmt von russischem Ballett, russischen Geschichten in Büchern und Filmen und Musik. Mir ist das meist zu schwermütig.

*****

Emma will einen Vater haben wie alle Kinder. Dieser Vater sollte für sie da sein und das machen, was Väter mit ihren Kindern machen. Sie will, dass er ihr beim Tanzen zuschaut und am lautesten von allen Vätern applaudiert, weil er stolz auf sie ist. Aber er lebt in Norwegen und sie kann ihn nur kurz über Ostern besuchen. Im Herbst und Winter finden die meisten Auftritte statt und im Sommer fahren beide Mädchen gern in ein Tanzcamp. In diesem Jahr klappt es in Bad Aussee, in Österreich. Björn bezahlt die hohen Gebühren, doch sehen werden sie sich nicht.

Die meisten Kinder leben heutzutage bei nur einem Elternteil in wild zusammengewürfelten Patchworkfamilien, in denen sich Mütter, Väter,

Geschwister und Halbgeschwister abwechselnd besuchen. Das ist heute normal und kein Problem. Bei uns ist die Entfernung zwischen Deutschland und Norwegen ein Problem und die vielen Tanztermine der Mädchen.

Emma sieht das anders.

„Du bist schuld, dass Papa fort ist!", schreit sie mich an.

Ihr Gesicht ist rot vor Zorn. Bisher tat sie so, als sei es ihr völlig gleichgültig, wo ihr Vater lebt.

„Und warum rufst du ihn nicht einfach an?", versuche ich, auf sie abzulenken.

Sie beugt sich nach vorn und zeigt mit dem Finger auf mich.

„*Du* hast ihn vertrieben! *Du* hast auch Philipp vertrieben! Ich hasse dich!"

Ich packe sie an den Armen und sage so ruhig wie möglich: „So kannst du mit deinen Freundinnen reden, aber nicht mit mir! Merke dir das! Ein für alle Mal!"

Sie reißt sich heftig los und stürzt zur Tür.

„Oma sagt das auch!", brüllt sie, bevor sie genauso heftig wie Björn die Tür hinter sich zuschlägt.

Sie ist wie ihr Vater, doch es ist nicht ihre Schuld. Sie glaubt, es sei meine Schuld, dass Björn mich verlassen hat, dass ich ihn vertrieben habe. Ich glaube das nicht. Was soll ich falsch gemacht haben?

Was ist überhaupt falsch? Was gestern falsch war, kann heute richtig sein. Ich war immer zufrieden mit mir und meinem Leben. Björn war unzufrieden mit sich selbst, mit seinem Leben und vor allem mit mir. Doch er konnte mir nicht sagen, was genau ihn so heftig in Wut brachte.

Nein, ich bin nicht verantwortlich dafür, dass er nach Norwegen zurück kehrte. Ich bin nur für mein eigenes Handeln verantwortlich. Ich habe ihn damals aus freien Stücken nach Deutschland begleitet und fühle mich wohl in Chemnitz. Es ist nicht meine Schuld, dass es ihm hier nicht gefällt. Auch seine Schuld ist es nicht. Es bringt nichts, darüber nachzudenken, weil es zu spät ist und man nichts mehr ändern kann. Die Zeit lässt sich nicht zurückdrehen.

Was Björn zu wenig sagte, sagte Philipp zu viel. Er diskutierte gern, beleuchtete alles von allen Seiten ohne zu einem Ende zu finden. Mir hätte gereicht, seine Meinung zu hören und meine zu sagen. Doch Philipp genügte das nicht. Er wollte mich überzeugen. Meist war ich schnell erschöpft von seinen vielen Argumenten und gab ihm ermüdet Recht. Ihm war es wichtig, recht zu haben.

Ich habe Philipp nicht vertrieben. Er hat mich nicht einmal verlassen. Er wollte nur unbedingt nach Australien und mich und die Mädchen mitnehmen. Australien ist, aus welchem Grund auch immer, sein Lebenstraum.

Ich habe keinen wirklichen Lebenstraum. Mir reicht es, wenn ich zufrieden bin.
Emma und Anja sind dagegen nie zufrieden, sie trainieren verbissen für ihren Lebenstraum Ballett.

Ballett

Anja hat den Eignungstest für die Ballettschule bestanden. Sie ist sowohl körperlich-anatomisch als auch rhythmisch-musikalisch für die Ballettausbildung geeignet. Ich war mir sicher, dass man ihr gutes Rhythmusgefühl erkennt, ich hatte nur Angst, Anja sei den Prüfern zu klein und zu dünn. So zierlich wie Anja stellte ich mir früher als Kind eine norwegische Elfe vor.

Nun heißt es Warten. Warten auf die Einladung zur Aufnahmeprüfung.
Oft sitzen wir vor dem Bildschirm und schauen uns auf youtube Videos über Ballettschulen an. Während Anja sämtliche Bilder begeistert in sich aufsaugt, wird mir Angst und Bange, wenn

ich sehe, wie die Schüler ihre Muskeln und Gelenke dehnen. Es gibt auch Videos, worin die Lehrer sehr streng sind und rigoros die Haltung der Kinder korrigieren. Anja empfindet das nicht als Drill oder gar Quälerei. Sie möchte es unbedingt lernen und sieht sich schon in einem rosa Dress zwischen all den anderen Mädchen stehen, die alle die gleiche straff nach hinten gekämmte und hochgesteckte Frisur tragen und die gleichen Bewegungen machen.

*****

Endlich halten wir die Einladung für die Aufnahmeprüfung in den Händen. Anja ist außer sich vor Aufregung. Sie hüpft vor Freude durchs ganze Haus und ist sich sicher, diese Prüfung zu bestehen, denn sie kann sich ihr Leben nur als Ballerina vorstellen.

Meine Gefühle sind eher gemischt, denn Ballett ist harter Leistungssport. Trotzdem werde ich sie unterstützen. Sie soll es probieren und dann sehen wir weiter.

Emma hat keine Lust, uns zu begleiten. Es ist Sonnabend, sie will ausschlafen und später mit ihrer Freundin ein Video anschauen von ihrem letzten Auftritt in der Stadthalle. Beide Mädchen sind in der gleichen Tanzgruppe, lernen zwei

Mal in der Woche klassisches Ballett und außerdem Folklore. Für sie ist das Tanzen ein wunderbares Hobby, das ihre gesamte Freizeit ausfüllt, aber Berufstänzer wie Anja möchten sie nicht werden.

Zum Glück liegt kein Schnee, denn ich fahre nicht gern Auto, wenn Schnee liegt. Hier in Deutschland ist der Schnee anders als der in Norwegen. Meist ist er nass und pappig, setzt sich in die Reifen und man rutscht sehr leicht.

Ich gebe die Adresse der Ballettschule ins Navi ein. Früher mochte ich kein Navi, aber ich habe schnell gemerkt, wie wunderbar leicht ich mich mit seiner Hilfe in einer fremden Stadt zurechtfinde.

Eineinhalb Stunden später parken wir vor der Schule und sehen bereits aus der Entfernung hunderte Kinder mit ihren Eltern. Leider darf ich Anja nicht in den Prüfungssaal begleiten. Ich würde ihr gern helfen, sich zwischen all den Kindern, Eltern, Lehrern und Räumen zurechtzufinden. Doch sie wirkt selbstsicher und glücklich, winkt mir kurz zu, wirft sich ihre Tasche über die Schulter und verschwindet hinter einer Tür. Ich weiß nicht, ob sie sich dort nur umzieht oder gleich vortanzt. Muss sie allein oder in der Gruppe zeigen, was sie bereits kann? Wie lange muss ich warten?

Eine andere Mutter vertraut mir an, dass diese

Prüfung viel länger dauert als der Eignungstest. Es haben sich in diesem Jahr sechshundert Kinder beworben, aber nur zwanzig werden aufgenommen. Ob Anja weiß, wie gering ihre Chance ist, wenn nur jedes dreißigste Mädchen die Prüfung besteht?

Ich bummle durch den nahen Park und finde ein nettes Café, wo es die berühmte Dresdner Eierschecke gibt, die ich sehr gern esse. Doch ich kann sie nicht wirklich genießen, weil ich in Gedanken immer bei Anja bin. Ich halte ihr die Daumen, dass sie aufgenommen wird, und bete gleichzeitig, dass es nicht klappt.

*****

Anja hat die Prüfung geschafft!
Mit dem Vertrag schickt die Schule das Formular für die Anmeldung im Internat. Ich will nicht, dass Anja nur am Wochenende nach Hause kommt. Ich will sie jeden Abend hier haben und sehen, dass es ihr gut geht.
Doch sie möchte unbedingt im Internat wohnen.
„Dort bist du fremd!"
„Aber nur während der ersten Tage!"
„Und dein schönes Zimmer? Hier hast du dein eigenes ganz für dich allein, im Internat musst du es mit zwei Mädchen teilen."

„Na und? Ich will nicht jeden Tag stundenlang ganz allein im Zug sitzen."

Die Zugfahrt von Chemnitz nach Dresden dauert eine gute Stunde, hinzu kommt die Strecke mit der Straßenbahn und die Wartezeiten auf den Anschluss.

„Von 8 bis 17:30 Uhr ist Schule. Danach muss ich Hausaufgaben machen und könnte erst viel später mit meinen Freundinnen spielen."

Ich seufze und rechne in Gedanken nach, dass sie morgens vor sechs Uhr aus dem Haus müsste und kaum vor 20 Uhr daheim wäre. Das darf ich ihr nicht zumuten. Doch mir fällt es schwer, meine Kleine allein in der fremden Großstadt leben zu lassen. Was ist, wenn sie mal Kummer hat und ich nicht bei ihr bin, um sie zu trösten?

„Ein Internat hat viele Vorteile", erklärt Björns Mutter.

Anja schaut sie dankbar an.

„Die Klassen sind kleiner, die Kinder haben jederzeit jemanden um sich und ein engeres Verhältnis zu den Lehrern und Betreuern."

Kleine Klassen finde ich gut, auch die Nähe zu Freunden, doch ein enges Verhältnis zu den Erziehern behagt mir weniger. Bin ich etwa eifersüchtig?

„Björn war auch im Internat."

Das wusste ich nicht. Er hat nie darüber gesprochen unnd jetzt kann ich ihn nicht mehr fragen.

„Mach dir keine Sorgen! Anja wird sich schnell einleben und wir übernehmen die Kosten."

Erleichtert seufze ich, denn jeden Monat mehr als zweihundert Euro aufzubringen, wäre nicht leicht für mich als Alleinverdiener.

Anja fällt ihrer Oma um den Hals.

Das Fahrgeld zahlt Björn, also bleiben mir nur die Kosten für neue Ballett Dresse und Tutus, Schläppchen und später Spitzenschuhe, worauf sich Anja am meisten freut.

*****

Nicole schimpft: „Wie kannst du dein Kind ins Internat geben? Anja ist noch so klein! Hast du kein Herz?"

Sofort schießen mir Tränen in die Augen. Ich will nicht, dass Nicole das sieht und stehe auf, um noch etwas Kaffee zu holen.

„Anja träumte schon als Dreijährig davon, als Ballerina auf einer Bühne zu tanzen. Und jetzt hat sie die Chance zu einer Ausbildung in einer weltweit bekannten Ballettschule."

„Und ihre Gesundheit? Deine Kleine wird sich die Füße verderben! Jede Ballerina hat blutige Blasen, Schwielen, verkrüppelte Zehen und kaputte Zehennägel."

Woher will ausgerechnet Nicole das wissen?

„Ich habe gelesen, dass sie pro Auftritt zwei Paar Ballettschuhe verschleißen."

Das mag sein, doch darüber mache ich mir jetzt noch keine Gedanken. Die ersten beiden Jahre nennen sich Orientierungsklassen und es gibt regelmäßig Prüfungen. Es kommt wie es kommt.

„Am Anfang darf sie noch gar nicht Spitze tanzen, dazu werden erst die Muskeln trainiert und vorbereitet."

Nicole zuckt mit der Schulter.

Neben dem normalen Unterricht trainiert Anja zehn Stunden pro Woche Ballett. Das ist genau das, was sie will.

„Anja kann jederzeit die Ausbildung beenden, wenn es ihr nicht gefällt."

„*Aus*bildung, in dem Wort steckt schon das Aus."

„Wie meinst du das?", frage ich entgeistert.

„Kennst du eine Ballett-Tänzerin, die mit vierzig Jahren noch auf der Bühne steht?"

Ich lächle genervt. Anja ist gerade mal zehn Jahre alt. Ihre Ausbildung beginnt erst, von einer möglichen Karriere ist noch lange keine Rede. Es ist wohl wahr, dass man nur bis vierzig auf der Bühne stehen kann. Doch bis dahin fließt noch viel Wasser die Elbe hinunter.

Schade finde ich, dass sie in dieser Schule kein Abitur machen kann. Doch es werden neben klassischem Tanz auch Folklore, Improvisation und Tanzgeschichte gelehrt, was Möglichkeiten für andere Berufe offen lässt.

„Anja ist nicht einmal zehn Jahre alt!", gebe ich zu bedenken.

„Sie tanzt seit sechs Jahren und jetzt noch einmal sechs oder sogar acht Jahre. Du mutest ihr einfach zu viel zu."

„Ich? Es ist genau das, was Anja schon immer wollte und was sie auch heute nicht anders will. Sollte es ihr nicht mehr gefallen, kann sie jederzeit aufhören."

Damit beende ich unser Gespräch.

Geburtstag

Emma tanzt ebenfalls seit ihrem vierten Lebensjahr. Als sie in die Schule kam, fand sie Ballett plötzlich langweilig, vor allem die immer gleichen Übungen an der Stange und am Boden. Sie wollte nicht ständig ihre Muskeln dehnen, sie wollte tanzen, fröhlich sein. Deshalb wechselte sie in die Folkloregruppe. Dort üben die Mädchen Tänze ein und treten häufig öffentlich auf. Das gefällt ihr. Und dort darf sie ihre schwarzen Locken offen tragen und muss

sie nicht wie im Ballett straff nach hinten käm-
men und zu einem Knoten hochstecken.

Nächste Woche hat Emma Geburtstag. Der
13.! Drei-ZEHN. Die Zehn dahinter ist neu.
Teenager! Wie sagt man das auf Deutsch? Auf
jeden Fall bedeutet diese Zehn die Zeit der
Pubertät.
Deshalb muss dieses Fest ganz besonders ge-
feiert werden. Ich bin gespannt, ob Emma wie
im letzten Jahr mit ihren Freundinnen in die
Schwimmhalle will oder wie im Jahr davor ins
Kino. Mir wäre beides recht, weil alles außer
Haus stattfindet und sich der Veranstalter um
die Bewirtung kümmert. Und ich könnte mir das
unliebsame Kochen und Putzen sparen.
Doch Emma wünscht sich eine Übernachtungs-
party und will ihr Zimmer mit Luftmatratzen aus-
legen. Ihre Gäste sollen im Schlafanzug oder
Nachthemd kommen. Zum Auflockern plant sie
Karaoke. Den Text zu den Liedern will sie über
youtube auf ihren Bildschirm spielen. Später
wollen sie die den alten Teeniefilm „La Boum –
die Fete" anschauen.
„Und was wollt ihr essen? Soll ich kochen?",
frage ich etwas bange.
Emma lacht so heftig, dass es mich kränkt.
„Keine Sorge, Mama, ich bestelle einfach vier
verschiedene Familienpizzas."

Ist die Mehrzahl von Pizza nicht Pizzen. Oder doch Pizzas? Da muss ich nachschauen.

„Du brauchst gar nichts zu machen, Mama, wir essen die Pizza einfach aus der Hand und sitzen in meinem Zimmer auf dem Fußboden."

Das gefällt mir nicht und das sage ich ihr auch.

„Es ist *mein* Geburtstag, also *mein* Fest!"

Das stimmt. Die Mädchen durften von Anfang an Ort und Art der Feier selbst bestimmen, die Anzahl der Gäste entspricht immer dem neuen Lebensjahr.

„Ich habe mir auch schon einen Tanz der dreizehn Elfen ausgedacht", verkündet sie.

„So viel Platz ist in deinem Zimmer nicht, zumal es für die Nacht voller Luftmatratzen ist."

„Natürlich tanzen wir draußen auf der Wiese", erklärt sie empört.

„Das ist eine gute Idee", stimme ich zu. „Trotzdem wäre es mir lieber, wenn ihr die Pizzen in der Küche esst. Und zwar vom Teller und nicht aus der Schachtel."

Nun lacht meine Große und stimmt zu.

*****

18 Uhr kommen alle zwölf Gäste gleichzeitig. Vermutlich haben sie vor dem Haus aufeinander gewartet. Jede schenkt Schmuck für Emmas Locken: Spangen, Tücher, Bänder, Schlei-

fen und dicke Gummis aus buntem Stoff.

„Ist das schön!", ruft sie bei jedem Geschenk aus, steckt es in ihre Haare und posiert für Fotos, die die Mädchen sofort mit ihren Smartphones aufnehmen und in alle Welt schicken.

Mir gefällt am besten ein grüner Reif mit Blümchenmuster.

Dann klingelt der Pizzabote. Die Mädchen springen kreischend um ihn herum, als wäre er ein Popstar.

„Welche von uns gefällt dir am besten?", neckt ihn Emma.

Der junge Mann wird knallrot und schaut mich hilfesuchend an.

Lachend zucke ich mit der Schulter und zahle schnell, um ihn zu erlösen.

Ich hatte zusammen mit Emma den Tisch vorbereitet; dreizehn Teller, Besteck, Gläser, zwei große Platten für die Pizzen und in die Mitte einen riesigen Blumenstrauß gestellt.

Als Nachtisch gibt es Eis und später Schokolade und Gummibärchen zum Film.

*****

Am nächsten Morgen stelle ich Cornflakes, eine Schale kleingeschnittenes Obst und Milch auf den Küchentisch und wecke die Mädchen. Ich hatte sie bis in die Morgenstunden kichern und schnattern hören. Nun sind sie müde und recht still, als sie der Reihe nach zur Tür herein schlürfen.

Nur Anja ist munter. Ich hatte sie am Abend noch vom Bahnhof abgeholt. Obwohl noch viel Pizza übrig war, wollte sie nur einen winzigen Happen kosten, einen Pfefferminztee trinken und sofort schlafen gehen. Sie war wie immer von der Woche Unterricht und Tanztraining erschöpft. Nun ist sie ausgeruht und sammelt einige Beeren für ihren Magerjoghurt aus der Obstschale.

„Bist du nicht schon viel zu fett fürs Ballett?", lästert Emma.

„Wirklich?", fragt Anja ängstlich und schaut besorgt auf ihren Bauch, während sie mit einer Hand ihren Po und die dünnen Beine abtastet.

„Deine Schwester neckt dich nur", tröste ich.

Doch ich merke, dass mich Anja gar nicht wahrnimmt. Sie lässt ihr Frühstück stehen und geht in ihr Zimmer. Sicher steht sie wieder vor dem Spiegel und kontrolliert ihren mageren Körper. Ich gehe ihr nach.

Anja sitzt auf dem Teppich mit weit gespreizten Beinen, ihr Fuß ist unter das Sofa geklemmt.

„Vorsicht!", schreie ich auf.

„Mama! Das sind normale Dehnübungen", erklärt sie und beugt sich mit dem ganzen Oberkörper flach auf den Boden.

„Du wirst dir die Knochen brechen!", warne ich.

Anja schaut nicht auf.

„Ich trainiere meine Füße. Sie müssen stark werden, damit ich bald en pointe ..."

„Ente was?"

„En pointe, auf Spitze tanzen darf."

Du lieber Himmel! Wo soll das hinführen?

Spagat beherrschen beide Mädchen, doch Anja übertreibt. Sie legt einen der Füße auf die Sitzfläche des Sofas, hängt also mit dem Körper vollkommen in der Luft. Ich mag gar nicht hinsehen.

„Tut das nicht weh?", frage ich besorgt.

Anja lacht.

„Aber nein! Das Dehnen geht langsam, Mama. Dafür üben wir jeden Tag."

Ich glaube ihr nicht.

„Mama?"

Sicher wird sie mir jetzt gestehen, dass sie sehr wohl große Schmerzen erleiden muss und die Lehrer streng sind. Ich habe gelesen, dass vor allem die russischen Trainer sehr hart mit den Kindern umgehen, sie sogar demütigen und es viele Tränen gibt deswegen. Die Schüler dürfen über Schmerzen nicht klagen, weil das zur Ausbildung gehört. Und es soll an den Ballettschulen viele Mädchen mit Essstörungen geben. Ich will nicht, dass meine Tochter leidet. Und ich will nicht, dass sie dünn sein will. Dünner als dünn.

Natürlich sehe ich auch, wie viel Freude Anja am Tanz hat und wie glücklich sie ist, in dieser Schule lernen zu dürfen.

Für Emma wäre das nichts. Sie möchte nicht genauso aussehen wie sämtliche anderen Mädchen ihrer Klasse, nicht die gleiche Frisur haben, nicht das gleiche tun und schon gar nicht will sie perfekt sein. Sie war noch nie besonders fleißig oder gar ehrgeizig.

Meine Mädchen sind vom Charakter her komplett gegensätzlich. Anja will unbedingt Erfolg als Tänzerin und dafür alles tun, was nötig ist. Erfolg ist etwas Gutes, etwas, das man sich wünscht. Auch Emma will Erfolg. Doch wenn das, was sie dafür tun muss, unangenehm ist, verzichtet sie lieber freiwillig auf den Erfolg. Für sie ist der Tanz ein Hobby, das ihr Spaß macht. Anja sieht das viel ernster und ich muss lernen, das zu akzeptieren.

„Mama, ich möchte einen neuen Fußboden. Auf dem Teppich kann ich nicht üben."

„Nicht?"

„Nein, der Boden muss glatt sein. Ich will mich drehen können."

Ich drehe meinen Fuß hin und her, doch er ratzt nur gebremst ein wenig zur Seite. Jetzt verstehe ich, was Anja meint. Darauf hätte ich selbst kommen können.

„Und dann möchte ich noch eine Ballettstange und eine Spiegelwand."

„Mädchen! Wer soll das alles bezahlen?" Derartige Spezialsachen sind sicher sehr teuer.

„Mama! Bald ist Weihnachten! Und danach habe ich Geburtstag. Ich will nichts anderes, nur den Boden, den Spiegel und die Stange."

Anja zieht verdrossen eine Schnute, was recht drollig aussieht. Mit solch einem niedlichen Schmollmund konnte sie sich als Kleinkind alles ertrotzen. Jetzt muss ich darüber lachen.

Sofort fällt sie mir um den Hals und jubelt: „Danke, Mama! Du bist die Beste!"

„Langsam, langsam, meine Liebe! Noch habe ich dir nichts versprochen. Ich muss mich erst erkundigen."

Begeistert bin ich von Anjas Wünschen nicht, zumal es bedeutet, dass sie sich daheim nicht ausruhen, sondern auch am Wochenende und während der Ferien trainieren will. Doch ich weiß, dass das Tanzen die einzige wirkliche Freude für meine Kleine ist. Nichts will sie so gern wie tanzen, am liebsten den ganzen Tag. Und nachts wird sie vom Tanzen träumen.

„Tschau! Tschau!", höre ich viele Stimmen. Emmas Gäste verabschieden sich und Emma verschwindet in ihrem Zimmer. Sie wird müde sein und schlafen wollen.

Ich gehe mit dem Hund hinaus in den Wald. Aufräumen kann ich hinterher, bevor Björns Eltern kommen. Sie bringen Torte mit, so dass ich nur Kaffee kochen und den Tisch decken muss.

*****

Die Schwiegereltern werden von Lille begleitet. Lille heißt eigentlich Sven, doch auf Norwegisch bedeutet Lillebror kleiner Bruder. Deshalb wurde Sven immer Lille gerufen, auch von mir, obwohl er Björns Bruder ist und nicht meiner.

„Wie schön, dich nach so vielen Jahren endlich wiederzusehen!", rufe ich aus und überlege, wann wir uns zum letzten Mal gesehen haben. Zur Hochzeit? Oder als wir nach Deutschland zogen?

Ich weiß nur, dass er inzwischen verheiratet ist und einen Sohn hat. Mir fällt ein, dass seine Eltern nie von ihm erzählten. Vielleicht, weil ich nie fragte. Ich nehme mir vor, Lille heute ganz viel zu fragen.

Doch jetzt bitte ich zu Tisch, auf dem bereits die Geburtstagstorte steht.

„Das Kind ist ja soo in die Höhe geschossen", bemerkt Mutter.

Nun, ein Kind ist Emma wohl kaum. Sie ist schlimmer als ein Kind. Teenager kommen mir wie Kleinkinder mit Hormonen vor: alt genug, um tausend Sachen machen zu wollen, aber ohne den dazu nötigen Verstand. Doch das behalte ich für mich. Man soll beim Essen keine Probleme auf den Tisch bringen, um den anderen nicht den Appetit zu verderben. Als Einstieg für ein gutes Tischgespräch eignet sich immer ein Kompliment.

Deshalb lobe ich die Torte.

„Sie ist wunderschön! Wenn sie nur halb so gut schmeckt wie sie aussieht, wird sie der wahre Genuss."

Emma strahlt.

„Ich habe sie selbst gebacken. Oma hat nur geholfen."

So richtig glaube ich das nicht, doch Mutter nickt. Ich nenne meine Ex-Schwiegereltern nach wie vor Mutter und Vater, weil ich es so gewöhnt bin und weil sie es so wünschen.

„Ich wollte unbedingt eine Quarktorte mit Kirschen und Schokostreuseln backen."

Wieder nickt Mutter und sagt: „Das Geburtstagskind darf die Torte bestimmen, das ist klar."

Emma erklärt das Rezept und hebt vorsichtig auf jeden Teller ein Stück Torte.

Anja bricht mit der Kuchengabel eine winzige Kostprobe ab und schiebt es langsam in ihren

Mund.

„Schmeckt dir der Kuchen nicht?", fragt Mutter.

„Ach, Anja ist doof. Ich finde es gemein, dass sie nicht einmal an meinen Geburtstag richtig essen will. Sie will hungern und dünn bleiben." Sie tippt sich mit dem Finger an die Stirn.

Anja mag nichts, worin sie Fett vermutet, obwohl sie weiß, dass Fett den Geschmack bringt und vor allem satt macht. Weil sie so wenig davon isst, hat sie ständig Hunger.

Trotzdem verteidige ich sie und sage: „Eine Tänzerin muss auf ihre Ernährung achten."

Ich streichle ihre Schulter und hätte sie zum Trost am liebsten gebeten, von ihrer Schule zu erzählen. Doch heute steht Emma im Mittelpunkt und darf ausführlich von ihrer Party mit ihren Freundinnen erzählen. Normalerweise achte ich darauf, dass jeder nur kurz etwas erzählt, möglichst etwas Amüsantes, damit die Tischgespräche nicht einseitig und langweilig werden.

Ich erzähle vom Hermann-Teig, den mir Nicole geschenkt hat. Alle lachen, weil ich dachte, Hermann sei ein Mann.

„Diesen Teig kenne ich!", ruft Mutter begeistert aus. „Kannst du mir davon abgeben?"

„Gern", versichere ich ihr.

Auf die Idee hätte ich selbst kommen können. Doch im gleichen Moment fällt mir ein, dass ich ihn samt Einweckglas sofort in den Müll gekippt hatte.

„Warum sind wir hier, Mariechen?", fragt Vater plötzlich.

„Weil Emma Geburtstag hat", antworte ich und zeige auf meine große Tochter, die ihrem Opa fröhlich zuwinkt. Er winkt sofort zurück und strahlt seine Enkelin an.

Emma liebt ihre Großeltern sehr und besucht sie fast jeden Tag. Sie hilft ihnen beim Kochen und Backen, doch daheim hat sie dazu keine Lust. Überhaupt ist sie zu mir nicht halb so verständnisvoll wie zu ihren Großeltern.

Sie nimmt mir immer noch übel, dass ich ihren Vater nach Norwegen ziehen ließ. Wie hätte ich das verhindern sollen? Sie glaubt, ich hätte ihn vertrieben und kein Interesse daran, ihn zurückzuhalten. Vielleicht sieht sie in Björns Eltern eine Verbindung zu ihrem Vater, obwohl diese überhaupt keinen Kontakt zu ihren Söhnen pflegen.

Mir ist schleierhaft, wie Emma das ständige Nörgeln ihrer Oma aushält. Hinzu kommt die schwierige Situation mit dem dementen Opa.

„Ach, die sind wie sie sind. Ich mag sie einfach und sie mögen mich", erklärt mir Emma.

So einfach ist das und es stimmt. Sie überschütten Emma mit ihrer liebevollen Fürsorge und geben ihr das Gefühl, etwas Besonderes zu sein. Sie darf uneingeschränkt so sein wie sie ist. Ich dagegen bin Mutter nie weiblich genug, was sie an meiner Frisur und Kleidung immer wieder bemängelt.

Als Björn mich ihnen vorstellte, vermittelte sie mir das Gefühl, nicht gut genug für ihren Sohn zu sein. Wenn sie an Björn gehangen hätte, hätte ich es wohl verstanden, doch sie spricht nie über ihre Söhne und Björn hat mir kaum etwas über seine Eltern erzählt.

Eigentlich werden sich Ehepaare im Laufe der Zeit immer ähnlicher. Bei meinen Schwiegereltern ist dies jedoch nicht der Fall. Vater ist sanft und nachgiebig. Er findet alles gut und richtig, was seine Frau tut, während sie an allem, was er tut, etwas auszusetzen hat.

Mutter schaut sich um. Ihr Blick bleibt an der Fotowand hängen.

„Nicht einmal ein Foto hast du von deinem Mann", kritisiert sie.

Ex-Mann, denke ich.

„Das stimmt so nicht", verteidige ich mich und zeige auf das Bild, auf dem Björn beide Mädchen in den Armen hält.

„Das Foto ist alt", bemängelt sie. „Du solltest eine aktuelle Aufnahme aufstellen! Das gehört sich so."

Wir sind seit sieben Jahren keine Familie mehr. Wozu sollte ich mit einem Foto etwas zeigen, was es gar nicht mehr gibt?

„Aber von diesem seltsamen Typ mit Zopf gibt es gleich zwei Bilder, noch dazu so ein überdimensional großes."

Automatisch lächle ich, als ich die beiden Bilder betrachte. Eines zeigt Philipp mit den Mädchen auf einer Wasserrutsche und auf dem zweiten sieht man nur seinen Kopf. Der Wind weht ihm die Haare ins Gesicht und ich stehe im Hintergrund wie eine winzige Puppe auf seiner ausgestreckten Hand. Das ist keine Fotomontage, sondern reiner Zufall und gefiel uns so gut, dass wir es gleich vergrößert als Plakat aufziehen ließen.

„Von uns hast du auch kein Bild aufgestellt, nur von deinen Eltern", kritisiert Mutter weiter.

„Das brauche ich nicht, weil ich euch jeden Tag sehen darf."

Mein Vater dagegen ist bereits verstorben und meine Mutter lebt weit entfernt in Australien.

„Iss deinen Kuchen!", befiehlt Mutter.

„Mach ich. Mach ich", versichert Vater eilig.

Vorsichtig hebt er mit der Hand das ganze Tortenstück vom Teller und versucht, es hochkant in den Mund zu schieben. Dabei fällt ihm das ganze Teil auf den Schoß. Er merkt es nicht und betrachtet verwundert seine leere Hand.

Mutter kreischt: „So pass doch auf, du Trottel!"

Ich mag es nicht, wenn sie ihn anschreit und beschimpft. Er kann nichts dafür, dass er nichts mehr weiß und sich von zwölf bis Mittag nichts merkt. Das ist nicht schlimm, zumindest nicht für mich. Mutter sieht das anders. Sie würde ihn lieber betrauern und vermissen, als sich täglich mit ihm zu plagen.

„Du weißt nicht, wie es ist, mit jemandem wie dem da zu leben", sagt sie und zeigt auf ihren Mann. „Das fing schon in Bergen an, als er auf einmal nur noch Deutsch sprach, beim Einkauf, mit den Nachbarn und unseren Freunden. Ich wusste nicht, was in ihn gefahren ist. Er machte uns überall lächerlich."

Sie schaut ihn an und runzelt dabei die Stirn.

„Uns blieb gar nichts anderes übrig, als so schnell wie möglich nach Deutschland zurückzukehren."

Das wusste ich gar nicht. Ich glaubte bisher, es sei schon immer ihr Plan gewesen, das Alter in ihrer alten Heimat zu verbringen.

„Er macht mich verrückt und geht mir mit seinen dummen Fragen auf die Nerven. Stets und ständig verursacht er Ärger und Arbeit, weil er sich bekleckert und Unsinn redet."

Jetzt erkundigt er sich freudestrahlend: „Wer ist

die nette Dame, Mariechen?", und zeigt dabei auf mich.

„Deine Schwiegertochter, du Idiot!"

Ich lächle ihm zu und ärgere mich gleichzeitig über Mutter. Sie sollte ihm ganz normal antworten und sich ihren Teil denken statt ihn zu beschimpfen. Doch vielleicht merkt er das nicht, denn er zwinkert ihr freudestrahlend zu.

„Weißt du wenigstens, wer ich bin?", faucht sie ihn an.

Jetzt verfinstert sich seine Miene und meine gleich mit, denn so abgefragt und korrigiert muss er sich wie ein Kind fühlen. Mutter sollte ihn nicht extra darauf hinweisen, was er alles nicht mehr weiß und kann.

Manchmal schaut er verträumt auf etwas, was nur er sehen kann. Er sieht durch die Dinge und Menschen hindurch, als wären sie gar nicht da. Meiner Meinung nach verabschiedet er sich in Raten. Jeden Tag verschwindet er ein kleines bisschen mehr in seine seltsame Welt, taucht in sie hinein und ist eine Zeit lang für niemanden zu erreichen. Dann ist er genauso plötzlich wieder da, als wäre nichts gewesen.

Demenz heißt wörtlich übersetzt geistiger Abstieg. Vater versteht die Welt nicht mehr, sie scheint unter seinen Füßen wegzurutschen, was ihm Angst macht. Er fühlt sich schutzlos und weiß, dass er diesen Zustand nicht verändern kann.

Das macht mich traurig und gleichzeitig wütend auf Mutter, die ihn immer nur beschimpft.

*****

Nach dem Essen führen die Mädchen Tänze vor, die sie extra für diesen Nachmittag einübten. Mutter spielt auf dem Klavier einen Walzer von Tschaikowski dazu, was mir gleich die Tränen in die Augen treibt. Denn Björn spielte jeden Abend eine Stunde Klavier, am liebsten Stücke von Tschaikowski, Schumann oder Händel. Er wollte immer, dass die Mädchen das Klavierspiel erlernen, doch sie interessierten sich nie für das Spiel, immer nur für den Tanz. Auch ich verstehe nicht zu spielen. Nur Mutter setzt sich manchmal daran. Schon oft wollte ich das Instrument in ihr Haus tragen lassen, doch das lehnte sie immer ab. Deshalb steht dieses schwarze Monstrum wie eine Mahnung in meinem Wohnzimmer und erinnert mich an Björn.

Als ich zu Lille hinüberschaue, bemerke ich Tränen in seinen Augen. Denkt er jetzt ebenso wie ich an Björn? Oder berühren ihn die grazilen Bewegungen der Mädchen?

Er spürt meinen Blick und schüttelt den Kopf.

Ich schaue den Mädchen zu. Sie machen die gleichen Bewegungen und doch sieht es ganz verschieden aus. Emma strahlt Freude aus und streckt rhythmisch ihre Arme und Beine, während sich Anja grazil wie eine Elfe bewegt und sichtbar bemüht alles richtig machen will.

Auch ich tanze gern und wirble manchmal zu lauter Musik durchs ganze Haus. Ich mag den Tanz, weil man dabei wie mit Worten seine Gefühle ausdrücken kann. Ich will mich frei nach Lust und Laune bewegen, mich ganz der Musik hingeben, mich nicht wie Emma oder gar Anja einer streng vorgegebenen Choreografie beugen.

Anja hat ihre schwarzen Locken streng nach hinten gekämmt und im Nacken zu einem Knoten zusammengesteckt, wie es sich für eine Ballerina gehört.

Emma dagegen lässt ihre Haare offen, die ihr bei jeder Bewegung um den Kopf wirbeln. Das gefällt mir besonders gut.

Beide Mädchen haben die dichte Haarpracht ihres Vaters geerbt. Ich dagegen habe dünnes Haar, das glatt herunterhängt. Deshalb trage ich eine Pagenfrisur. Glatte Haare sind hochmodern zur Zeit, was mich ein wenig tröstet. Es ist nur schade, dass sie weder blond noch brünett sind, sondern irgendein undefinierbarer Mitschmatsch dazwischen. Doch färben mag ich sie nicht.

*****

Sven geht hinaus in den Flur und kommt mit einem riesigen Paket zurück. Es ist schmal wie ein Plakat und in grobes Papier eingeschlagen, auf das eine große blaue Schleife gemalt ist.
„Unser Geschenk für dich!", sagt er feierlich zu Emma. „Meine Frau hat es gemalt."
Ein Gemälde! Emma reißt das Papier auf, sieht aber zuerst nur die Rückseite. Sven hält den einfachen Holzrahmen hoch, in den die Leinwand gespannt ist. Nun sehe ich das Kunstwerk in seiner ganzen Pracht:
Ein junges Mädchen schaut hinaus aufs Meer. Dass ein kräftiger Wind bläst, erkennt man an den Wellen mit ihren weißen Schaumkronen und am Kleid des Mädchens, das ebenso wie ihre schwarzen Haare zur Seite weht.
Emma klatscht begeistert in die Hände und ruft: „Oh, wie schön! Ich liebe das Meer."
Fast hätte ich sie jetzt korrigiert und gesagt: „Man kann einen Menschen lieben, aber nicht das Meer." Doch ich bleibe stumm vor Bewunderung für das schöne Gemälde und möchte auch die Freude meiner Tochter nicht stören.
„Bin ich das?", fragt sie, denn das Mädchen ist sehr schlank, hochgewachsen wie Emma und

hat schwarze Locken.

„Wer weiß?", antwortet Sven und lächelt dabei.

Ich berühre mit den Fingern das Kleid, das wie echte Spitze wirkt. Es IST echte Spitze, die stückchenweise in das Gemälde eingearbeitet ist. So etwas habe ich überhaupt noch nicht gesehen. Emma ist ganz entzückt und will es am liebsten sofort über ihrem Bett aufhängen.

„Dort hängen bereits irgendwelche Jungs", erinnere ich sie.

„Die kommen weg!", bestimmt Emma. „Hilfst du mir?"

Bittend schaut sie Sven an.

„Klar! Ich habe extra mein Werkzeug mitgebracht."

Er geht noch einmal hinaus in den Vorsaal. Als er zurückkommt, hält er in der einen Hand die Werkzeugtasche und in der anderen ein weiteres Paket, das er Anja gibt.

„Auch dieses Bild hat meine Frau gemalt, ganz allein für dich. Ich hoffe, es gefällt dir."

Anja kniet sich auf den Boden und löst vorsichtig das Papier.

Ungeduldig springt Emma hin und her und fordert: „Nun mach schon!"

Zum Vorschein kommt das Bild einer wunderschönen schlanken Ballerina mit der typisch strengen Frisur, die am Hinterkopf zu einem Knoten gesteckt ist. Auch sie wurde von hinten

gemalt. Sie steht kerzengerade auf Spitzen-
schuhen und wirkt wie eine Feder, ebenso ihr
weißes Tutu. Sofort prüfe ich, ob auch hierbei
echte Spitze eingearbeitet wurde und habe
Recht. Anja fällt ihrem Onkel in die Arme und
kann ihre Freudentränen nicht mehr zurück-
halten.

Auch ich bin ganz gerührt von diesen wunderschönen und perfekt zu den Mädchen passen-
den Bildern. Ich wusste nicht, dass Svens Frau
malt. Ich weiß so vieles nicht von ihm und
seiner Familie und nehme mir nochmals vor,
ihn bei der nächsten Gelegenheit zu fragen.

*****

Die Großeltern gehen noch vor dem Abendessen zurück in ihr Haus, während Sven bei
uns bleibt.

„Ich wohne in Aarhus, in Dänemark", erzählt er.
Mich wundert, dass er sein Heimatland verlassen hat. Vielleicht gehört er zu den Menschen,
die die lange Polarnacht nicht ertragen? Besonders in Norwegen soll es viele depressive Menschen geben, die Rate der Selbsttötungen ist
entsprechend hoch. Mich dagegen hat es nie
gestört, dass im Winter die Sonne kaum vor
zehn Uhr auf- und schon kurz nach fünfzehn
Uhr wieder untergeht. Dafür scheint sie im

Sommer bis fast Mitternacht und man kann draußen viel unternehmen.

„Warum?", frage ich.

„Meine Frau ist Dänin."

Dann wollte sie sicher zurück in ihre Heimat.

„Sie erträgt unser Nationalbewusstsein nicht und hält uns für besonders fremdenfeindlich und dumm."

„Wirklich?"

Natürlich weiß ich, dass die Dänen uns Norweger als Bergaffen bezeichnen, doch allzu ernst sollte man das nicht nehmen. Der Däne spricht wenig und am wenigsten mit Fremden. Norweger sprechen noch weniger und bleiben am liebsten unter sich. Das hat nichts mit Fremdenfeindlichkeit zu tun, das ist die Eigenart aller Skandinavier.

„Und doch hat sie einen Norweger geheiratet!", scherze ich und boxe leicht seinen Arm. „Was machst du so?"

Sven zuckt mit der Schulter.

„Weißt du nicht, dass die Dänen weltweit die höchsten Steuern zahlen, aber nicht gerade viel Lohn erhalten?"

„Das tut mir leid. Und trotzdem lebt ihr lieber in Dänemark?"

Die Sprachen sind ähnlich und die Dänen legen wie die Norweger mehr Wert auf die Freizeit als auf die Arbeit. Überstunden gibt es nicht.

Etwas unsicher schaue ich Sven an, denn auf mich wirkt er eher bedrückt als zufrieden. Er kratzt sich am Kopf und schaut zur Seite.

Schließlich sagt er: „Der eigentliche Grund ist, dass es in Dänemark keine Schulpflicht gibt."

„Und das findest du gut?", frage ich empört.

Wieder zuckt er mit der Schulter.

„Es ging einfach nicht mehr."

„Was ging nicht mehr?", hake ich nach.

„Jonas. Weißt du, unser Sohn Jonas ist anders. Er ist nicht dumm, also nicht geistig behindert, nur eben anders, seltsam. Verstehst du?"

Ich verstehe nichts, doch ich nicke. Wie ist ein Kind, wenn es anders und seltsam ist? Das muss er mir näher erklären. Doch ich frage ihn nicht, sondern warte geduldig, ob er von selbst weiterspricht. Und irgendwann tut er es.

„Jonas glaubt, er sei Nana Mouskouri."

Ich muss erst einen Moment überlegen, bis mir die schon recht alte Frau, die Schlager und Volkslieder sang, einfällt. Lebt sie eigentlich noch?

„Diese Sängerin aus Griechenland?", frage ich.

„Genau die. Wir dürfen unseren Sohn nur noch Nana rufen, auf Jonas reagiert er gar nicht oder er wird schrecklich wütend."

„Aber das ist doch nicht schlimm."

„Meinst du?", schreit er mich plötzlich an.

Seine Augen sind weit aufgerissenen, als habe

er soeben einen Troll gesehen. Dann beugt er seinen Kopf hinunter auf den Arm, so dass ich sein Gesicht nicht mehr sehen kann. Ich sehe nur, wie seine Schultern zucken und mir ist klar, dass er weint. Doch warum? Es ist nicht schlimm, wenn ein kleiner Junge sich in eine Rolle hineinversetzt. Das zeugt von Fantasie.

„Mag er die alten Schlager so gern?", frage ich, erhalte aber keine Antwort, nur ein mattes Schulterzucken.

„Wie alt ist Jonas eigentlich?"

„Acht seit letzten Montag."

Als ich ihm sanft über Schulter und Arm streichle, hebt er seinen Kopf und schaut mich an.

„Er lässt seine Haare nicht mehr schneiden und färbt sie schwarz. Zu allem Überfluss rennt er in den Kleidern seiner Mutter herum, obwohl wir ihm das streng verboten haben. Und natürlich trägt er ständig eine große schwarze Brille, obwohl er gar keine Brille braucht."

Was soll ich darauf sagen? Dass sie alle Kinder gern verkleiden? Ich kann ihm nicht helfen. Ich kann ihm nur zuhören, mein Mitgefühl zeigen und ihm möglichst keine neunmalklugen Ratschläge geben.

Es dauert recht lange, bis Sven endlich weiterspricht.

„Anfangs haben wir ihn gutmütig gefoppt. Ich sagte ihm, dass Nana in der Schweiz die Oma ist und in Frankreich ein Mädchen. Ich habe ihn gefragt, ob er eine Oma oder ein Mädchen sein will."

Ich lächle verständnisvoll, obwohl mir nicht klar ist, welche Antwort er von Jonas erwartete.

„Sein Name sei Nana, er will nur Nana genannt werden und nicht anders."

Ich glaube, dass in Afrika Nana für eine weiße Göttin steht. Doch das behalte ich lieber für mich.

„Er war so ein netter kleiner Junge und nun macht er uns nur Kummer."

„Wissen deine Eltern davon?"

„Natürlich nicht! Mutter hat genug Probleme mit Vater. Ihre ganze Freude sind deine beiden Mädchen."

Ich glaube, sie würden Jonas auch akzeptieren, wenn er im Kleid vor ihnen steht. Den Jungen einfach zu verstecken, halte ich für keine gute Idee.

„Lasst ihr ihn deshalb nicht zur Schule gehen?" Sven reibt sich mit der Hand das Genick.

„Wir haben es versucht. Wir haben ihn auf dem Weg zur Schule begleitet. Trotzdem verspotteten ihn die Kinder. Während der Pausen war es für ihn besonders schlimm."

Das heißt, dass Jonas sogar im Unterricht ein Kleid trug. Kinder können wirklich sehr grausam sein, vor allem, was Kleidung betrifft, obwohl sie sich selbst recht merkwürdig kleiden mit zerrissenen Jeans, Jogginghosen und sonderbaren Kappen. Aber über einen Jungen im langen Kleid machen sie sich lustig.

„Trotzdem war Jonas nicht dazu zu bewegen, wenigstens in der Schule normale Jeans und einen Pulli anzuziehen."

„Habt ihr mit dem Lehrer gesprochen? Er sollte das Kind beschützen und dafür sorgen, dass es nicht ausgegrenzt wird."

Sven winkt ab.

„Ganz im Gegenteil: Der Rektor stellte uns sogar ein Ultimatum."

„Ein was?"

„Ein Ultimatum. Er verlangte, Jonas umgehend psychiatrisch behandeln zu lassen und wenn sich sein Zustand innerhalb von einem Monat nicht bessert, von der Schule nehmen."

Zustand. Das klingt alles andere als mitfühlend. Doch vielleicht ist ein Kinderpsychologe die einzige Person, die wirklich helfen kann.

„Der erste Therapeut tat alles als kindliche Spielerei ab, die sich von selbst geben würde."

Ich nicke, denn das glaube ich auch.

„Doch wir hatten nur diesen einen Monat und suchten deshalb einen zweiten Therapeuten auf."

Erwartungsvoll schaue ich ihn an.

„Der verschrieb gleich ein Medikament und hielt

eine Einweisung in die Uniklinik für notwendig."

Sven schluckt und stützt seinen Kopf in die Hände. Er überlegt sichtlich, ob er weitersprechen soll oder nicht.

„Erzähle! Ich höre zu", ermuntere ich ihn.

„Zwei Wochen später … also kurz vor dem Winter …"

Wieder lehnt er seinen Kopf an die Hände. Dann sucht er umständlich in der Hosentasche nach einem Taschentuch.

„Sprich weiter!"

„Die Polizei rief an und sagte, Jonas sei im Krankenhaus."

Ein Unfall! Du lieber Himmel! Ich atme tief durch, denn nichts ist schlimmer, als wenn das eigene Kind im Krankenhaus ist und man nicht weiß, warum und wie es ihm geht.

„Was ist passiert?", frage ich leise.

„Kennst du die Askoy Brua?"

Natürlich kenne ich diese riesige, kilometerlange Brücke über den Byfjord zwischen Bergen und Askoy. Sofort habe ich viele schlimme Bilder im Kopf, die mich fast verrückt machen vor Sorge. Doch weil ich weiß, dass Jonas am Leben ist, versuche ich, mich durch langsames Atmen zu beruhigen.

„Von dieser Brücke wollte Jonas springen."

Wollte. Er *wollte* springen hat Lille gesagt. Er ist also nicht gesprungen. Erleichtert atme ich aus.

„Wir haben keine Ahnung, wie er den weiten Weg dorthin bewältigt hat. Als wir ins Krankenhaus kamen, saß Jonas zusammengekauert in einer Ecke, schaute apathisch vor sich hin und wippte mit seinem Oberkörper vor und zurück. Er lief uns nicht entgegen, schaute nicht einmal auf. Der Arzt erklärte uns, Jonas müsse dort bleiben und behandelt werden."

Vermutlich haben sie dem Jungen ein Beruhigungsmittel gegeben. Ich halte nicht viel von Medikamenten, doch ich weiß, dass man im Grunde nichts machen kann gegen das, was ein Arzt für nötig hält. Vor allem bei Kindern haben die Eltern keinerlei Mitspracherecht.

„Meine Frau reagierte bewundernswert. Sie ging zu Jonas und nahm ihn auf den Arm, als wäre er eine leichte Feder. Als sie am Arzt vorbei ging, sagte sie kühl, dass sie Dänin ist und mit ihrem Kind jetzt sofort in ihre Heimat fährt."

„Und das hat geklappt?"

Sven nickt.

„Wir konnten ungehindert die Klinik verlassen. Erst im Auto fing Jonas an zu weinen und klammerte sich an seine Mutter."

Jetzt muss ich erst einmal durchschnaufen und diese heftige Geschichte verdauen. Björn hat mir nichts davon gesagt bei einem seiner Anrufe, auch seine Eltern nicht. Wissen sie es gar nicht? Auf jeden Fall ist mir nun klar, weshalb Sven mit seiner Familie in Dänemark lebt.

„Meine Frau hat ihre Arbeit aufgegeben und unterrichtet den Jungen daheim. Das ist in Dänemark möglich."

Sven schaut mich lange an und ich nicke ihm verständnisvoll zu. Plötzlich schlägt er mit der Faust auf den Tisch und stößt ein markerschütterndes Grunzen aus.

„Nur mir ist es nicht möglich, meinen Jungen jeden Tag im Kleid zu sehen." Nach einer Pause ergänzt er leise: „Ich kann mich nicht daran gewöhnen. Ich will es auch nicht. Meist sitze ich nach der Arbeit noch eine Weile im Pub und gehe erst nach Hause, wenn er längst im Bett liegt."

Ich umarme Sven und überlege, wie ich ihn trösten kann. Da fällt mir die Geschichte eines Nachbarjungen ein.

*****

Dieser Junge wollte unbedingt Tänzer werden, doch seine Eltern konnten mit diesem Wunsch nichts anfangen. Sein Vater arbeitet auf dem Bau und fährt einen großen Bagger, seine Mutter ist Kassiererin im Supermarkt. Beide haben niemals etwas mit Tanz oder klassischer Musik zu tun gehabt.

Der Vater erklärte seinem Sohn Baufahrzeuge

und besuchte mit ihm Automessen und Fußball-spiele, doch das interessierte ihn alles nicht. Er hatte kein Gespür für Technik und keine Lust auf Fußball oder andere Dinge, die Jungs nor-malerweise gern tun. Er wollte nur tanzen.

„Das ist etwas für Mädchen, Jungen spielen Fußball", bestimmte der Vater.

Doch der Junge bat jeden Tag, ihn in einer Bal-lettschule anzumelden. Irgendwann gab die Mut-ter nach und ihr Kind blühte regelrecht auf. Jeden Tag führte es die neuen Schritte vor, die der Vater sich nicht anschauen mochte.

Für den Vater ist es nach wie vor schwer, seinen Sohn zu verstehen, doch er versucht es, weil er ihn liebt. Inzwischen geht der Junge auf die gleiche Ballettschule wie Anja. Er ist zwei Klassen über ihr und durfte bereits drei Mal in der Semperoper auftreten, denn sein unge-wöhnliches Talent fiel auf.

Als die Eltern zum ersten Mal in ihrem Leben das Opernhaus besuchten und ihren Sohn auf der Bühne ein Solo tanzen sahen, waren sie tief beeindruckt. Seitdem ist der Vater sehr stolz auf seinen begabten Sohn und nicht mehr verletzt von den Bemerkungen seiner Kollegen und Freunde, ob sein Sohn schwul sei und dass Tänzer kein Beruf für einen Mann ist.

„Ich glaube, die Dummen sind in der Mehrheit. Sie dominieren und verspotten die, die anders

sind. Diejenigen, die Fußball spielen, sind aner-
kannt, doch nicht die, die tanzen."

Ich weiß nicht, ob diese Geschichte Sven wirklich trösten kann. Vielleicht wird Jonas einmal
ein Stimmenimitator oder bekannt als Double
von seinem Idol Nana Mouskouri. Wer weiß das
schon, warum sich einige Kinder anders ent-
wickeln als die meisten? Unsere Kinder bleiben
sie trotzdem und man sollte sie so lieben wie
sie nun einmal sind.

Verluste

Norweger mögen Hunde. Ich nicht. Ich mag
keine Hunde, eigentlich auch keine Katzen,
Vögel oder sonstiges Getier im Haus. Wir
hatten noch nie Haustiere und auch nie über
ein eigenes Haustier gesprochen.
Trotzdem brachte Björn eines Tages einen
großen schwarzen Hund mit nach Hause und
sagte: „Das ist Max. Er hat zwei Jahre im Tierheim gelebt. Nun wird er bei uns ein schönes
Heim haben."
„Bei uns?", rief ich entsetzt aus. „Zwei Jahre
lang wollte keiner dieses schreckliche Tier und
du schleppst es ausgerechnet zu uns? Wir haben Kinder!"

„Eben! Hunde sind gut für Kinder. Sie lernen Verantwortung und Rücksicht."

Doch die Mädchen fühlten sich nicht verantwortlich für den Hund. Sie hatten keine Lust, mit ihm Ball zu spielen. Sie wollten immer nur tanzen. Darauf sollte ich Rücksicht nehmen.

Björn ließ den Hund einfach draußen im Garten, wo er sich brav hinlegte und abwartete, was nun passiert. So macht man das in Norwegen mit den Huskys und vielleicht auch mit anderen Hunden. Ich weiß es nicht. Ich habe nie darauf geachtet und kannte bisher keinen, der Hunde hatte.

Als es dunkel wurde, fing Max an zu jaulen und hörte nicht wieder auf. Nicole rief an, dass ich endlich den Hund ins Haus holen solle oder sie meldet es der Polizei.

Polizei? Hund ins Haus? Mir war beides gleichermaßen unangenehm. Björn lachte nur.

Schließlich hielt ich es nicht mehr aus und holte das Tier in den Hausflur. Ich legte ihm eine Decke auf die Fliesen, weil es so zitterte.

Von diesem Tag an hielt sich Max zwar immer draußen auf, doch er behielt die Terrassentür im Auge. Und sobald ich diese schloss, sauste er auf sie zu, kratzte an der Scheibe und jaulte. Vermutlich hatte er in dieser ersten Nacht eine Art Schock erlitten.

Max ist ein schöner Hund, beeindruckend groß und schwarz. Doch er weiß nicht, dass er stark ist und gefährlich wirkt. Er ist eher vorsichtig, direkt ängstlich. Außer unserer Familie darf ihn nur Nicole anfassen und streicheln, vor Fremden zieht er sich zurück. Das kann nicht allein mit dem Schock der ersten Nacht draußen in unserem Garten zusammenhängen, das muss tiefer sitzen.

Einen Hund aus dem Tierheim zu holen, hielt ich schon damals für unklug, da keiner seine Vorgeschichte kennt und die Zeit eingesperrt in einen Käfig sicher unerträglich ist. Das verstört die Tiere, macht sie aggressiv oder gar bissig.

Doch so genau wusste ich das auch nicht, denn ich hatte noch nie einen Hund und kannte mich nicht wirklich aus.

Heute ist mir klar, dass wir am Anfang viele Fehler gemacht haben, vor allem, dass wir ihn im Haus allein ließen. Wir wussten nicht, dass ein Hund ein Rudeltier ist, der sein Rudel immer um sich braucht. Ich habe ihn angeschrien, wenn er in die Stube urinierte. Ich war wütend auf den Hund und noch wütender auf Björn, der uns das alles eingebrockt hat.

Doch als Björn uns verließ, war ich froh, dass er Max nicht mitnehmen wollte. Ich hatte mich an ihn gewöhnt und mochte ihn.

Heute kann ich mir den Alltag ohne Max nicht mehr vorstellen. Ich arbeite daheim und er liegt draußen im Garten oder auf meinen Füßen. Seine ruhige Geduld entspannt mich, während ich die täglichen Spaziergänge im Wald als eine wunderbare Abwechslung empfinde.

Anfangs ärgerte ich mich darüber, dass die Mädchen mich und Max niemals in den Wald begleiten wollen. Sie mochten weder den Wald noch Spaziergänge. Eigentlich mochten sie überhaupt nichts von dem, was mir als Kind Freude gemacht hat wie das Wandern durch die Berge, Schi fahren oder in einem Zelt zu schlafen.

Inzwischen ist es für mich sehr angenehm, allein mit dem Hund durch den nahen Wald zu streifen, Leuten mit anderen Hunden zu begegnen oder ganz einfach von meiner anstrengenden Arbeit als Übersetzer abzuschalten.

*****

Nun ist Max etwa zwölf Jahre alt, was für solch einen großen Hund neunzig Menschenjahre bedeutet. Meist liegt er draußen im Garten oder auf der Terrasse und döst vor sich hin. Oder er kuschelt sich auf meine Füße, wenn ich am Schreibtisch oder auf dem Sofa sitze. Morgens und am späten Abend pinkelt er in den Garten, am Nachmittag gehe ich mit ihm in den Wald.

Seit zwei Wochen mag Max nicht mehr weit laufen. Lieber liegt er im Garten oder im Haus und schläft. Ob er Schmerzen hat? Er jammert nicht, doch er zögert einen Moment, bevor er sich niederlegt und manchmal kommt er nur langsam wieder auf seine Füße. Besonders, wenn er auf den Fliesen liegt und sich aufrichten will. Dann rutschen ihm beim Aufrichten die Beine einfach nach den Seiten weg.

Max kommt ins Haus, bleibt vor mir stehen und kackt mitten in die Stube! Das hat er noch nie gemacht, nicht einmal, als er noch ganz neu war. Er macht seine Haufen nicht einmal in den Garten. Ich habe gelesen, dass Hunde ihre Haufen immer außerhalb ihres Reviers setzen.

Wütend greife ich nach der Küchenrolle und räume die Brocken weg. Zum Glück sind sie fest und trocken. Trotzdem ist es eklig.

Während meiner Spazierrunde treffe ich einen Hundehalter und erzähle ihm, dass mein Hund ins Haus gemacht hat.

„Wie alt ist er denn?"

„Ungefähr zwölf. Genau weiß man das nicht, weil er aus einem Tierheim stammt."

Der Mann nickt.

„Wenn ein Hund zwölf Jahre alt ist, sollte man für jeden Tag, den er noch bei uns ist, dankbar sein. Da ist ein klein wenig Dreck wirklich kein Problem."

So gesehen hat der Mann natürlich Recht.

„Meine Susi hat das kurz vor ihrem Tod auch gemacht. Wir kamen vom Spaziergang zurück ins Haus und sie pinkelte oder kackte auf die Teppiche."

Zum Glück habe ich Fliesen im Erdgeschoss und nur vor dem Sofa und unter dem Esstisch einen kleinen Teppich. Teppichboden gibt es nur oben in den Schlafräumen. Doch Max steigt seit einiger Zeit nicht mehr die Treppen hinauf und liegt nicht mehr wie früher neben meinem Bett. Er bleibt lieber unten in der Stube und kringelt sich auf seine Hundematte.

Jetzt liegt Max ausgestreckt auf den Fliesen und will sich aufrichten, doch ihm rutschen immer wieder die Beine zur Seite. Hilfesuchend schaut er mich an. Ich fasse unter seinen Bauch, um ihm aufzuhelfen, doch er knurrt. Erschrocken ziehe ich meine Hand zurück. Max hat mich noch niemals angeknurrt. Ob er wohl Schmerzen hat? Oder ist es ihm peinlich, dass er nicht allein aufstehen kann, dass er jeden Tag in die Stube kackt? Vielleicht interpretiere ich wieder einmal zu viel hinein. Max ist ein Hund, ein Tier. Ihm wird nichts peinlich sein.

Am Abend steht er vor seiner Decke und schaut sich um. Es sieht aus, als ob er nicht weiß, was er gerade tun wollte. Oder er mag sich nicht hinlegen, weil er Schmerzen hat?

So geht das nicht weiter! Ich muss mit ihm zum Tierarzt gehen, ihn untersuchen lassen und hoffen, dass der meinem Hund helfen kann.

*****

Im Wartezimmer der Tierarztpraxis legt sich Max nicht hin. Er wartet stehend, beachtet die anderen Hunde nicht, nicht einmal die Katze, die die ganze Zeit über faucht und an ihrer Box kratzt.

„Der Nächste bitte!"

Wir sind dran!

„Oh! Ich sehe schon! Ihr Hund hat Schmerzen, große Schmerzen."

Überrascht schaue ich den Mann an, der Max nicht einmal angefasst hat und schon glaubt, das Problem zu kennen.

„So wie er die Pfoten aufsetzt, reiben seine Gelenke aneinander, was ihm weh tut."

Mir steigen die Tränen in die Augen, weil ich so lange gezögert habe. Ich hätte schon viel früher den Arzt aufzusuchen müssen.

„Und wie können Sie ihm helfen?"

„Es gibt schmerzlindernde Mittel, doch wirklich

helfen oder gar heilen kann ich ihn nicht mehr. Er hat für seine Größe ein hohes Alter erreicht, das spricht für gute Pflege."

Was will der Arzt damit ausdrücken?

Mir fällt der Mann im Wald ein, der mir sagte, ich soll für jeden einzelnen Tag dankbar sein, den Max erlebt. Heißt das, nun ist es Zeit, um von ihm Abschied zu nehmen? Der Gedanke erschreckt mich. Er kommt so plötzlich und trifft mich völlig unvorbereitet.

Ich wollte nie einen Hund. Doch jetzt möchte ich ihn bei mir behalten. Ich bin an ihn gewöhnt. Er hat es gut bei mir. Er darf im Garten oder in der Wohnung sein, wann und wo immer er möchte. Während der Spaziergänge durch den Wald bekomme ich meinen Kopf frei und erhole mich von der stundenlangen Arbeit am Computer.

Der Tierarzt sagte, dass meinem Hund keine Medizin mehr helfen kann. So langsam begreife ich, ich muss Max gehen lassen.

„Denken Sie in Ruhe darüber nach. Und wenn Sie sicher sind, dass es der richtige Weg ist, kommen Sie wieder und wir erlösen Ihr Tier."

Erlösen. Das heißt im Umkehrschluss, dass ich im Moment zulasse, dass sich Max quält, unnötig leidet. Das will ich nicht. Ich will aber auch nicht, dass mein Hund getötet wird.

Ich soll nachdenken, hat der Arzt gesagt. Doch was bringt das? Was will Max? Will er weiterleben? Oder will er von seinen Schmerzen erlöst werden?

Ich sitze auf dem Boden der Arztpraxis und streichle den Hundekopf in meinem Schoß, während Max die Spritze bekommt. Die Todesspritze. Mir laufen die Tränen übers Gesicht. Ich wische sie nicht weg, sondern beuge mich ganz tief hinunter, um meine Stirn an die von Max zu legen. Plötzlich fliegt sein Kopf nach oben und schlägt hin und her.
„Festhalten! Ein Krampf! Das ist normal", weist mich kurz der Arzt an.
Schnell umfasse ich die Hundeschnauze mit beiden Händen und lege meine Wange obenauf. Dann bewegt sich Max nicht mehr. Er hat die Augen offen, doch ich sehe, dass er nichts mehr sieht. Er ist tot.

„Solch einen großen Hund darf man nicht in seinem Garten vergraben und schon gar nicht im Wald."
„Es ist mein eigener Garten. Ich habe ein Haus", erkläre ich.
Doch der Tierarzt schüttelt den Kopf.
„Das ist nur bei Kleintieren bis maximal zehn Kilogramm erlaubt."

Wer sollte mir das verbieten? Außerdem weiß es keiner, wenn ich meinen Hund in meinem Garten beisetze.

„Ich würde es nicht riskieren", sagt der Mann lächelnd, als hätte er meine Gedanken erraten.

„Kostenfrei ist die Abgabe in der Tierkadaver-sammelstelle in einem Plastiksack."

Kadaver? Plastiksack? Unwillkürlich schüttelt es mich.

„Ansonsten bleibt Ihnen ein Tierkrematorium, was allerdings recht teuer ist."

Wieviel genau ist teuer? Ich habe keine Ahnung und ärgere mich, dass ich mir darüber noch nie Gedanken gemacht habe. Doch eines weiß ich genau: Ich werde meinen Max auf keinen Fall in einem Plastiksack zu einer Sammelstelle tragen.

„Lassen Sie Ihren Hund erst einmal bei mir und denken Sie in Ruhe nach. Übermorgen rufen Sie mich an und sagen mir, wie Sie es geregelt haben möchten."

Ich nicke, streichle noch einmal über das weiche Fell und verlasse wortlos die Praxis.

*****

Habe ich zu schnell reagiert? Was werden die Mädchen sagen, wenn ich ohne Max nach Hause komme? Freilich haben sie sich kaum um ihn gekümmert, ihn vielleicht gar nicht mehr wahrgenommen. Doch dass er fehlt, werden sie merken und sicher sehr traurig sein.

Und schon weine ich wieder.

Ich schließe die Haustür auf und schaue Richtung Küche, doch kein Hund kommt mir schwanzwedelnd entgegen gelaufen. Ich fühle mich schrecklich einsam und weiß nicht, was ich machen soll.

Also setze ich mich an den Computer und suche im Internet nach einem Tierkrematorium. Zum Glück gibt es eines hier in der Stadt, das ich sofort anrufe. Wir vereinbaren, dass sie Max beim Tierarzt abholen, verbrennen lassen und seine Asche auf einer Wiese verstreuen. Das halte ich für eine gute Lösung.

Dann packe ich alle Hundespielsachen in eine Tasche, das Futter in eine andere und verstaue alles zusammen mit der großen Liegeinsel und sämtlichen Decken in meinem Auto. Damit fahre ich zum Tierheim.

Auf dem Gelände empfängt mich unglaublich lautes Hundegebell, das mir auf die Nerven geht. Ich gebe nur kommentarlos die beiden Taschen ab und sage, dass ich noch Decken im Auto habe, allerdings ungewaschen. Sollen sie wegwerfen, was sie nicht brauchen können. Mir ist das im Moment gleichgültig.

Ohne Max ist das Haus schrecklich leer, obwohl er sich fast ausschließlich draußen im Garten aufhielt oder auf einer seiner Hundedecken schlief. Ich habe ihn kaum bemerkt, doch jetzt habe ich das Gefühl, dass er gleich um die Ecke kommt und sich auf meine Füße legen wird. Aber er kommt nicht. Natürlich nicht. Nicht nur das Haus ist leer, auch in mir fühle ich eine schreckliche Leere. Was soll ich nur tun ohne meinen Hund, der rund um die Uhr bei mir war?

Mich tröstet, dass Max nun nicht mehr leiden muss. Doch das hilft mir nicht. Ich muss umdenken, meinen Tag neu einrichten. Im Grunde bin ich jetzt frei. Frei! Ich muss nicht mehr morgens und abends die Türen öffnen, damit Max in den Garten kann und hinterher die Spuren seiner Pfoten von den Fliesen wischen. Und schon gar nicht muss ich am Nachmittag zwei Stunden durch den Wald laufen. Ich könnte stattdessen ins Zentrum fahren oder mehr Übersetzungen machen oder Emma beim Tanzen zuschauen oder mit Nicole auf der Terrasse gemütlich in der Sonne liegen, quatschen und dabei Sekt trinken. Ich könnte so vieles, doch für alles fehlt mir die Lust. Mir fehlt nur Max.

Max musste nie allein daheim bleiben – jetzt bin *ich* allein.

Abends im Bett lese ich noch eine Stunde in einem Roman. Dabei tauche ich in die recht seltsame Geschichte eines Mannes ein, der neben seiner schönen Ehefrau eine phlegmatische und hässliche Geliebte hat, die von ihm ein Kind bekommt. Zum Schluss zieht er dieses Kind zusammen mit seiner Ehefrau auf.

Dabei vergesse ich Björn, die Sorgen um die im Internat lebende Anja und die Trauer um Max.

Mitten in der Nacht werde ich wach und habe höllische Zahnschmerzen. Es ist 3 Uhr. Ich löse eine Aspirin in einem Glas Wasser auf und setze mich vor den Fernseher, aber die Schmerzen lassen nicht nach. Die Zeit bis zum Morgen vergeht einfach nicht.

Gegen 6 Uhr spreche ich auf den Anrufbeantworter meiner Zahnärztin. Zwei Stunden später ruft sie zurück und sagt, dass ich sofort kommen kann. Die Wurzel meines Augenzahns ist entzündet und muss behandelt werden. Zum Glück tut das Veröden und Desinfizieren der Wurzel kaum weh. Allerdings ist das nur eine Vorbehandlung, die in der nächsten Woche wiederholt werden muss. Bis dahin soll ich nicht auf Hartes beißen und keinen Kaugummi kauen. Kaugummi. Wie lange habe ich keinen mehr gegessen?

*****

Am Nachmittag besuche ich Emma in ihrer Tanzschule und bewundere sie, wie sie im Rhythmus der Musik zur gleichen Zeit wie die anderen Mädchen Arme und Beine schwenkt. Sie sieht wunderschön aus. Ihre dichte Haarpracht hat sie mit einem Band im Genick zusammengebunden, doch einige Locken kleben auf der schweißnassen Stirn. Als sie mich bemerkt, zwinkert sie mir zu, bevor sie sich wieder auf die Schritte konzentriert. Sie sieht glücklich aus.

Draußen im Flur lese ich, dass es im Haus weitere Kurse gibt. Die meisten betreffen den Paartanz. Aber es gibt auch Fitness-Gruppen nur für Frauen. Das wäre etwas für mich und ist gar nicht so teuer. Ich hätte einen Ausgleich zu den fehlenden Hunderunden, außerdem Spaß und könnte vielleicht eine Freundin finden. Außerdem mag ich ebenso wie meine Töchter das Tanzen.

*****

„Hallo!", höre ich jemanden rufen.

Es ist Stefan, der mit seiner Frau Steffi und einem Sohn in Emmas Alter vor einem halben Jahr ins Nachbarhaus zog.

„Kannst du mal kommen?"

„Komm doch rein!", rufe ich ihm zu und zeige

aufs Gartentor.

Er schüttelt den Kopf.

„Nein." Wieder schüttelt er den Kopf. „Wir möchten mit dir reden. Nur kurz." Er winkt mit der Hand. „Kommst du?"

Ich prüfe, ob ich den Schlüssel einstecken habe und werfe die Tür zu.

Stefan wirkt auf mich bedrückt. Als er mich ins Haus lässt, kommt mir Steffi entgegen und fällt mir weinend um den Hals.

„Sieh dir das an!", schluchzt sie und zeigt auf ihr Sofa und den Tisch.

Ich erkenne nichts Ungewöhnliches und schaue sie fragend an. Erst, als sie die Decke hebt, die auf dem Polster liegt, sehe ich ein großes Loch, aus dem die Füllung quillt. Die Beine der Tische sind eindeutig angenagt.

„Habt ihr Mäuse?", frage ich.

„Der war das!"

Steffi zeigt auf einen Hund, der zusammengerollt in einer Ecke liegt und wie schuldbewusst seinen Kopf nach unten duckt. Hunde sind sensibel und spüren Trauer oder Ärger ihrer Halter, aber sie kennen den Grund nicht und bringen ihn nicht mit sich selbst in Verbindung.

„Ihr habt einen Hund?", frage ich überrascht.

Hätte ich das gewusst, hätte ich ihnen all die vielen Decken, Spielsachen und das Futter von Max geschenkt und nicht ins Tierheim gebracht.

„Seit wann habt ihr einen Hund?"

„Seit fünf Wochen."

Da lebte Max noch. Warum sind sie nicht zu mir gekommen und haben die Hunde miteinander bekannt gemacht?

„Seit fünf Wochen?", wiederhole ich fassungslos. „Ich habe ihn noch nie draußen gesehen."

„Er geht nicht allein in den Garten", erklärt Stefan.

„Zum Glück!", faucht Steffi. „Er würde sonst die Beete zerwühlen und die Blumen umknicken." Sie zeigt auf ihre Terrasse. „Dabei haben wir ihm extra eine Ecke gebaut."

Ein Teil der Terrasse ist mit hohen Holzlatten eingefasst.

„Dort soll er liegen? Aber dort sieht er nichts!"

Steffi zuckt mit der Schulter.

„Er hat seinen Platz und liegt sowieso meist in einer Ecke."

Ich erfahre, dass die Tierhilfe den Hund vor drei Monaten einem Tierheim übergab. Es ist ein recht junger Hund, obwohl er jetzt schon fast so groß ist wie Max.

„Er heißt Bruno, weil er ein hübsches braunes Fell hat."

„Ein schönes Tier", bestätige ich.

Wütend berichtet Steffi, dass Bruno sämtliche Schuhe zerbissen hat, auch die teuren Sportschuhe vom Sohn. Kabel, Fernbedienungen,

Möbel – alles nagt er an.

„Letzte Woche stieß er mein Regal um, in dem alle meine Porzellanfiguren standen. Fast alle sind kaputt."

Wieder weint Steffi.

„Wir wollten ihn zurückgeben, aber das Tierheim nimmt ihn nicht mehr."

Natürlich verstehe ich ihren Ärger, doch man kann einen Hund nicht wie einen Gegenstand reklamieren.

„Auch das Chemnitzer Tierheim will ihn nicht aufnehmen. Die waren direkt unfreundlich und erbost darüber, dass man einen Straßenhund in die Wohnung vermittelte."

„Straßenhund? Wie kommst du auf Straßenhund?"

„Bruno stammt aus Spanien, wo das arme Tier kein Zuhause hatte und auf der Straße leben musste. Wir wollten ihm ein schönes Heim geben."

Das klingt sehr mitfühlend und zeugt von einem guten Herzen. Doch ich befürchte, dass ein Streuner seine Freiheit gewöhnt ist und sich zwischen den engen Mauern einer Wohnung fürchten. Er hat keine Gefährten, ist also ganz allein, zumal Stefan und Steffi den ganzen Tag arbeiten gehen.

„Schade, dass mein Max gestorben ist. Wir hätten gemeinsam mit unseren Hunden im

Wald spazieren gehen können."

„Sehe ich so aus, als würde ich wie ein Land-streicher durch die Botanik wandern?", fragt Steffi erbost.

„Aber der Hund ..."

„... hat einen Garten", unterbricht sie mich.

Nur darf er dort nicht herumtoben. Außerdem hat er dort keine Abwechslung, sieht und riecht nichts außer sich selbst. Solch ein großer Hund sollte mindestens zwei Stunden am Tag übers Feld rennen oder durch den Wald laufen dürfen – zumal er ein Straßenhund ist. Wer nicht gern spazieren geht, sollte einen Schoßhund halten.

„Wie kann ich euch helfen?", frage ich.

„Du kannst ihn nehmen!"

„Was genau meinst du mit *nehmen*?"

Für einen Spaziergang? Während sie arbeiten, damit er nichts zerbeißen kann? Sie sagten, dass sie ihn ins Tierheim zurückbringen, also abgeben wollten. Das Tierheim nimmt ihn nicht, doch ich habe Zeit für einen Hund, weil Max ge-storben ist. Das wissen sie, während ich nicht wusste, dass sie seit fünf Wochen einen Hund haben. Sie haben kein einziges Wort darüber verloren, erst jetzt, wo sich Probleme ergeben.

Ich fühle mich überrumpelt und weiß nicht, was ich darauf sagen soll. In der Ecke liegt noch immer Bruno und schaut wie abwesend vor sich hin.

Ich kauere mich neben ihn auf den Teppich. Sofort fletscht er seine Zähne und knurrt drohend. Vermutlich fühlt er sich eingeengt oder er merkt, dass es um ihn geht und gar nicht gut für ihn aussieht. Offenbar ist es ein ängstliches Tier ohne Vertrauen in sein Umfeld. Wer weiß, was der arme Kerl schon Schlimmes erleben musste. Deshalb entferne ich mich lieber, um Bruno nicht unnötigem Stress auszusetzen.

„Nun können wir´s vergessen, nicht wahr?" Stefan kratzt sich verlegen am Kopf. „Du willst bestimmt keinen Hund, der dich anknurrt."

Ich will überhaupt keinen Hund. Weder einen, der knurrt und alles zerbeißt noch einen, der brav ist. Auch keinen so schönen wie Bruno.

„Ich würde mich um ihn kümmern, wenn ihr mal etwas besorgen und ihn allein lassen müsst", biete ich an.

Beide arbeiten den ganzen Tag, der Sohn ist bis zum späten Nachmittag in der Schule und der Hund stundenlang allein. Deshalb wundert mich nicht, dass er in seiner Not alles zerbeißt.

„Alle Leute müssen arbeiten und viele von ihnen haben einen Hund", sagt Steffi, als hätte sie meine Gedanken gelesen. „Du dagegen bist den ganzen Tag daheim und kannst aufpassen, dass er nichts zerbeißt."

„Das stimmt", gebe ich zu. „Doch inzwischen habe ich mich in einem Tanzkurs angemeldet."

„Jeden Tag?", fragt sie spitz und lacht.

Vielleicht war es witzig gemeint.

Ich muss nachdenken. Mir tut Bruno leid. Auch Steffi tut mir leid, doch gleichzeitig macht sie mich wütend. Vielleicht könnte ich hin und wieder die Waldrunde übernehmen, das würde mir gefallen und dem Hund auch, doch nicht jeden Tag. Außerdem suchen sie keinen Gassigeher, sondern wollen ihr Haustier loswerden.

„Unser Sohn würde sicher manchmal mit ihm spazieren gehen oder wir am Wochenende."

Ich nicke, weil mir nichts mehr einfällt, was ich jetzt noch sagen könnte. Doch sie warten auf eine klare Antwort. Sie erwarten, dass ich sie von Bruno befreie – nicht mehr und nicht weniger. Einen Rat für einen andere Lösung wollen sie nicht von mir.

Trotzdem sage ich: „Ins Tierheim würde ich Bruno nicht zurückbringen. Vielleicht gibt es in der Stadt Pflegestellen, die Hunde vermitteln oder einen Hundetrainer, der euch hilft, falls ihr den Hund vielleicht doch behalten wollt."

Steffi und Stefan schauen sich an und wirken halb verzweifelt und halb wütend auf mich. Sie spüren, dass ich jetzt sage: „Ich nehme ihn nicht."

„Warum?", ruft mir Steffi hinterher.

Ich höre sie weinen und schimpfen, drehe mich aber nicht mehr um.

Seitdem spricht Steffi nicht mehr mit mir, nur Stefan winkt mir manchmal im Vorbeigehen zu. Bruno habe ich nicht mehr gesehen und auch nie erfahren, was aus ihm geworden ist.

Kunst

Es klingelt. Der Paketbote steht an der Tür und fragt ängstlich: „Wo Hund?"
Der Mann mag keine Hunde und vor allem mag er Max nicht. Max durfte anfangs zur Tür laufen und schauen, wer uns besucht. So lief er auch dem Paketmann freudig entgegen. Leider hat ihn das große schwarze Tier erschreckt. Das wollte ich nicht. Deshalb habe ich Max beigebracht zu bellen, wenn es klingelt, sich dann in sein Körbchen zu legen und brav abzuwarten, ob er den Gast begrüßen darf oder nicht.
Doch nun bellt kein Hund mehr in meinem Haus.
„Mein Hund ist gestorben", erkläre ich.
„Oh, viel schade", sagt der junge Mann, obwohl ich ihm die Erleichterung deutlich ansehe.
„Nämmen Paket Demski?"
„Gern."
Groß ist das Paket nicht, aber ungewöhnlich schwer. Der Form nach kann es nur ein Buch sein.

Desiree Dembinsky wohnt im Haus nebenan. Sie öffnet ihre Tür nur zwischen 15:30 Uhr und 16:30 Uhr – am liebsten mit telefonischer Voranmeldung. Darauf weist ein entsprechendes Schild an ihrer Tür hin.

Jetzt ist es elf Uhr am Vormittag und jeder Paketdienst weiß, dass ich am Vormittag in der Regel daheim bin. Meist klingeln sie deshalb sofort bei mir, ohne zu prüfen, ob die Nachbarn daheim oder auf ihren Arbeitsstellen sind.

Ich arbeite daheim, was von den meisten Leuten nicht als ernstzunehmende Arbeit gesehen wird. Doch das Übersetzen ist sehr wohl Arbeit, die sich nicht von selbst und auch nicht nebenbei erledigt. Nahezu jeder nimmt an, dass ich einfach Wort für Wort aus dem Norwegischen ins Deutsche übertrage, was nicht schwierig sein kann, weil ich halb Norweger und halb Deutsche bin. Doch so einfach ist das nicht. Ein guter Übersetzer muss zuerst wissen, was der Autor mit seinem Text aussagen will, er muss die Botschaft kennen und die Hintergründe. Um Werbebroschüren, Geschäftsberichte und Produktbeschreibungen zu übersetzen, muss ich viel recherchieren, was erheblich mehr Zeit erfordert als das reine Übersetzen.

Ich überlege, ob sich Frau Dembinsky über den

Hermann-Teig gefreut hätte und muss lächeln bei diesem Gedanken. Diese Frau kann ich mir nicht mit Schürze in einer Küche vorstellen. Sie würde mich fragen, ob sie etwa wie eine Köchin aussieht, und mich dabei empört anschauen. Empört schauen kann sie gut.

Meist trägt sie dunkelblaue Kostüme zu blasslila Blusen und ein überdimensionales lila Tuch um die Schultern, dazu blaue Pumps mit hohen Absätzen. Sie wirkt darin sehr elegant und gewollt tugendhaft und immer so, als ob sie alles unter Kontrolle hat. Ich weiß nicht, ob es eine Art Arbeitskleidung ist, da sie meist erst gegen Abend das Haus verlässt. Wo könnte so jemand arbeiten? Vielleicht in einem Hotel oder einer sehr vornehmen Eventagentur.

*****

Am Nachmittag klingle ich an Frau Dembinskys Tür, doch sie öffnet nicht. Deshalb prüfe ich mit einem Blick auf meine Uhr, ob ich mich vielleicht in der Zeit geirrt habe. 15:45 Uhr, also müsste sie daheim sein.

Gerade, als ich wieder gehen will, bemerke ich, dass die Tür einen Spalt offen steht. Ich klopfe und rufe: „Frau Dembinsky! Sind Sie daheim?"

„Hier!", höre ich eine leise Stimme, die gar nicht zu dieser resoluten Frau passt.

Ich gehe ins Haus und ziehe die Tür fest hinter mir zu.

„Hier!", ruft sie noch einmal.

Ich folge der Stimme bis in die Küche. Es ist eine sehr kleine Küche, in der nur ein Kühlschrank, darauf eine Kochplatte, eine Spüle, ein Regal mit etwas Geschirr und ein Tisch stehen.

Auf dem einzigen Stuhl sitzt Frau Dembinsky Fast hätte ich sie nicht erkannt, denn sie trägt statt ihres feinen blauen Kostüms einen grauen Kittel über einer Art Jogginghose. Ihr Haar ist nachlässig nach hinten gekämmt und nicht wie sonst hochgesteckt. Sie sieht elend aus.

„Geht es Ihnen nicht gut?", frage ich.

Sie wirft mir einen empörten Blick zu.

„Ich bin hier in meinem Haus. Da kann ich aussehen wie ich will."

„Natürlich", versichere ich schnell. „Ich habe ein Paket für Sie, das heute Morgen bei mir abgegeben wurde."

Sie zeigt auf den Tisch, wo ich das Paket ablegen soll.

„Holen Sie mir einen Sherry aus dem Salon!", bittet sie. „Da sind auch Gläser."

Mit Salon meint sie das Wohnzimmer. In ihm stehen mehrere kleine Sessel, Stühle und Stehtische. An der Wand hängt ein überdimensionales Plakat, ein Schwarz-weiß-Foto der Dresdner Frauenkirche. Auf dem Schotterplatz davor stemmt ein Mann eine Frau nach oben. Dieser Mann wirkt in schwarzer Hose und ebenso schwarzem Unterhemd wie ein Bauarbeiter, doch die Frau über seinem Kopf trägt Ballettschuhe. Es sind also Tänzer! Erst jetzt fällt mir die Überschrift *Ballettabend* auf, darunter kleingedruckt *Semperoper.* Mich freut es, dass sich Frau Dembinsky für Ballett interessiert. Neben dem Plakat hängen zwei Grafiken aus Dreiecken in verschiedenen Blautönen.

Die unteren Hälften der Fenster sind mit grauen Folien verklebt, auf dem Schwarzbildfiguren abgebildet sind. An der rechten Wandseite stehen verschnörkelte Regale voller Wein-, Schnaps- und Likörflaschen und verschiedene Gläser. Ich habe keine Ahnung, wie ein Sherryglas aussieht. Mir ist das Glas nicht so wichtig wie der Inhalt. Ich weiß gar nicht, ob Sherry ein besonderer Wein oder ein Likör ist, getrunken habe ich ihn noch nie. Ich greife die Flasche, auf der unter einem Namen Sherry steht, und ein etwas kleineres Weißweinglas, schenke ein und stelle das Glas vor Frau Dembinsky auf den Tisch.

„Für Sie auch, Kindchen! Für Sie auch!"

Kindchen? Sie kann keine zehn Jahre älter sein als ich. Innerlich schüttle ich den Kopf, gieße mir ein und sage: „Auf Ihr Wohl!"

„Auf Ihres auch!", antwortet sie.

„Eila. Mein Name ist Eila."

„Seltsam. Wer denkt sich derart seltsame Namen aus?", fragt sie herablassend.

„Eila ist in Norwegen sehr verbreitet und bedeutet so etwas wie Sonnenschein."

Wieder schüttelt sie ihren Kopf.

Vielleicht weiß die Frau nicht, dass ich in Norwegen aufgewachsen bin. Aber ich habe keine Lust, ihr davon zu erzählen.

„Mein Vorname lautet Desiree und bedeutet die Ersehnte, die Begehrte."

„Olala! Das ist mal eine Ansage!", rufe ich aus und denke mir, dass der Name so gut zu ihr passt, als hätte sie ihn selbst ausgesucht.

Sie zieht die Augenbrauen hoch, als hätte ich etwas Unanständiges gesagt.

Mir fällt das Plakat in ihrem *Salon* ein und ich sage: „Ich bin die Mutter von zwei reizenden Tanzmäusen."

„Sie sollten sich präziser und vor allem gewählter ausdrücken!", kritisiert sie streng.

Eigentlich muss ich mich nicht rechtfertigen. Doch irgendwie tut mir die Frau leid, wie sie so nachlässig gekleidet in ihrer spartanisch eingerichteten Küche sitzt, Sherry schlürft und von gewähltem Ausdruck spricht.

„Ich habe zwei Mädchen, die beide in einem Ballett tanzen. Die eine im Chemnitzer Theater, die andere in der Dresdner Tanzhochschule."

Sofort hebt die Frau wieder ihre Augenbrauen an, doch dieses Mal ist es eindeutig Bewunderung."

„Warum sagen Sie das nicht gleich? Man muss sich immer im besten Licht zeigen."

So richtig verstehe ich die Denkweise dieser Frau nicht, aber das muss ich auch nicht.

Höflich frage ich: „Sie mögen ebenfalls Ballett? Ich habe das Plakat in der Stube gesehen."

Sie berichtet lebhaft, dass sie bei der Premiere dabei war und der Grafiker, der dieses Plakat geschaffen hat, es ihr schenkte.

„Er war bereits zu DDR-Zeiten hochgeschätzt", erklärt sie mit vielsagendem Blick.

Mir gefällt das Plakat nicht so gut, weil Tanz etwas Freudiges ausdrücken und das Foto deshalb nicht traurig schwarz-grau sein sollte.

„Sagen Sie Desiree zu mir!", fordert sie resolut. „Heute ist ein guter Tag für Bekanntschaften, denn heute ist mein Namenstag."

Meinen Namenstag kenne ich nicht und halte ihn auch nicht für wichtig. Trotzdem scheint er ein guter Anlass für ein Glas Sherry zu sein. Nur ihre nachlässige Kleidung passt nicht so recht.

„Sind Sie traurig?", frage ich.

„Wieso sollte ich? Wie kommen Sie darauf?"

Nun weiß ich nicht, wie ich es sagen soll, dass

sie hier so in ihrem alten Kittel und unfrisiert sitzt und nicht wie sonst wie aus dem Ei gepellt vor die Tür geht.

„Naja … Sie wirken heute so anders. Ich meine, ich kenne Sie nur in ihrem chicen blauen Kostüm und mit Hut."

„Ich bin daheim!", fährt sie mich an. „Hier muss ich mich niemandem präsentieren."

„Selbstverständlich", stottere ich. „Ich verstehe."

„Reichen Sie mir das Paket! Es wird ein Geschenk darin sein. Ein Buch, weil ich mir immer Bücher wünsche. Da kann man nichts falsch machen, irgendwem gefällt es immer. Besser jedenfalls als so etwas Persönliches wie ein Schal."

Sie wickelt das Paket aus und lässt das Papier auf den Boden fallen. Ich weiß nicht, ob ich es aufheben oder einfach liegenlassen soll. Recht achtlos legt sie das Buch zur Seite. Auf der Titelseite ist eine gespenstische Figur auf einer Brücke zu sehen, die ihre Hände auf die Ohren presst und den Mund zu einem Schrei aufreißt. Es ist ein bekanntes Gemälde von Munch, das ich gar nicht mag. Desiree blättert kurz darin.

„Ich weiß schon, wem ich es vermache."

„Wollen Sie es nicht behalten?", frage ich etwas verwirrt.

„Nein! Ich mag keine Bücher. Sie sind unnütze

Staubfänger. Ich brauche sie nicht."

Gibt es tatsächlich Menschen, die keine Bücher brauchen? Dieses Buch würde ich allerdings auch nicht in mein Regal stellen, weil das Bild einfach zu gruselig ist. Ich bevorzuge schöne Dinge. Dieser Maler ist jedoch bekannt für seine düsteren Motive.

„Mögen Sie Munch?", frage ich, um nicht auf ihre Abneigung gegen Bücher eingehen zu müssen.

„Mögen? Wozu sollte ich ihn mögen?"

Darauf weiß ich keine Antwort, zumal sie ein ganzes Buch mit Gemälden von Munch eben noch in den Händen hielt. Mir fällt ein, dass sie das Geschenk zwar begrüßte, es aber jemandem vermachen, also weitergeben will.

„Ich will informiert sein", erklärt sie. „Das ist heute sehr einfach. Sobald ich von einer Vernissage oder Lesung erfahre, gebe ich den Namen des Künstlers in meinem Computer ein und schon sehe ich alle seine Werke und Informationen aus seinem Leben."

„Sie besuchen also Kunstausstellungen?"

Empört über meine offenbar dumme Frage antwortet sie: „Selbstverständlich! Was dachten Sie denn?"

„Bevorzugen Sie eine bestimmte Richtung der Malerei?"

„Ich habe keine speziellen Vorlieben. Mir ist nur

wichtig, keine einzige Veranstaltung zu verpassen. Im Leben kommt es darauf an, zur richtigen Zeit am richtigen Ort zu sein."

„Welche Orte meinen Sie?"

„Sie stellen viele Fragen. So etwas tut man nicht. Doch ich werde sie beantworten. Ich rede von Orten mit hohem Anspruch wie Konzerte, Buchvorstellungen, Vernissagen, Ballett- und Theaterprämieren. Wenn viele Leute da sind, weiß ich, dass ich am richtigen Ort bin."

Viele Leute beweisen Frau Dembinsky also ein gutes Kulturprogramm. Doch viele Leute trifft sie auch auf dem Bahnhof oder Wochenmarkt. Mich amüsiert es, sie mir in ihrem feinen blauen Kostüm und den Absatzschuhen zwischen Gemüse vorzustellen. Immerhin verstehe ich jetzt, dass sie auf diesen Veranstaltungen gesehen werden und vor allem einen besonderen Eindruck hinterlassen will. Das ist ihr wichtig.

„Morgen kommt ein Schriftsteller zu mir. Er ist zwar in der Stadt nicht sonderlich bekannt, doch es kann nie schaden, einen Autor, der Bücher veröffentlicht, persönlich zu kennen. Außerdem werden ein befreundeter Maler und seine Mätresse hier sein."

Mätresse. Wer sagt heute noch Mätresse? Das klingt abwertend. Sicher meint sie seine Freundin und möglicherweise ist er mit einer anderen Frau verheiratet. Doch das geht wohl niemanden etwas an.

„Kommen Sie einfach dazu!", sagt sie, als ich mich verabschiede.

*****

Pünktlich 15:30 Uhr klingle ich bei Desiree Dembinsky. Ich habe Blumen dabei, weil ich bei ihr nirgendwo Blumen gesehen habe, weder in einer Vase noch in einem Topf. Vielleicht mag sie keine Blumen. Dann wäre mein Geschenk unpassend. Hätte ich doch nur früher nachgedacht und lieber eine Flasche Wein oder Sherry besorgt.

Sie lächelt, als sie mir die Tür öffnet, und steht tiptop geschminkt und frisiert in ihrem blauen Kostüm und blauen Pumps vor mir. Ihre Haare sind zu einem lockeren Dutt hochgesteckt. Mit einer eleganten Handbewegung weist sie auf die Tür am Ende des Flurs. Staunend betrachte ich den wandhohen dunkelblauen Samtvorhang, der sich durch den gesamten Vorsaal zieht und die Türen zur Küche und Kammer verbirgt. Dieser Vorhang ist mir gestern nicht aufgefallen, vermutlich war er in einer Ecke befestigt. Links sehe ich zwei Türen, jede mit einem Metallschild versehen, auf einem ist ein Herrenschuh eingeritzt, auf dem anderen ein Damenschuh mit hohen Absatz. Dieser witzige

Hinweis auf die Toiletten gefällt mir gut.

Desiree führt mich am Arm in den Salon. Hier brennen mehrere kleine Lämpchen, obwohl durch die breite Fensterfront genug Licht den Raum erhellt.

In einem der Sessel sitzt ein alter Herr, der einen Schal um den Hals geschlungen hat. Er hält mit beiden Händen ein kleines schwarzes Gefäß, das er zwischen seine Beine geklemmt hat. Auf jedem Tisch steht solch eine Schale, in der sich verschiedenes Gebäck befindet.

Außerdem liegen Stadtmagazine von Chemnitz und Dresden und einige Programmhefte aus.

„Dieser freundliche Herr ..." Sie nennt einen Namen, den ich nicht verstehe, weil er gerade hüstelt. „... schreibt die bekannten Regionalkrimis."

Dabei streicht sie ihm leicht über die Schulter. Ob er wohl weiß, dass die Gastgeberin keine Bücher mag? Hier im Raum gibt es nicht ein einziges Buch, von den beiden Büchern abgesehen, die vor dem Autor liegen. Bei dem oberen erkenne ich den Titel: „Tod im Regionalzug".

An einem der Stehtische räkelt sich eine stark geschminkte junge Frau mit fuchsrotem Haar in einem engen grünen Kleid. Sie nippt lässig an einem Sherry. Neben ihr blättert ein älterer

Mann in dem Buch über den Maler Munch. Er trägt einen schwarzen Rollkragenpulli und ein grellgrünes Tuch, das ihm wie eine locker gebundene Krawatte auf dem stattlichen Bauch ruht. Desiree stellt sie als den Maler und Fotografen Hans-Joachim und seine Freundin vor.

„Hier bringe ich euch Eila. Ihre beiden Töchter tanzen Ballett – die eine im Chemnitzer Opernhaus, die andere studiert in Dresden an der Palucca-Hochschule für Tanz."
Dank meiner Töchter bin ich offenbar eine vorzeigbare kulturelle Attraktion, meine Arbeit als Übersetzer ist eher nicht erwähnenswert.
Desiree scheint mir wie verwandelt und zwar nicht nur äußerlich. Ihre Stimme klingt ruhig und verbindlich, nicht so verbittert wie bei meinem Besuch gestern. Sie berührt jeden mit den Händen, als sei er ihr besonders wichtig.
„Wir sind heute nur ein kleiner Kreis, doch das tut unserem kulturellem Anspruch keinen Abbruch."
Insgeheim schmunzle ich über diese seltsam geschraubte Ausdrucksweise, die eigentlich gar keinen Sinn ergibt.
„Vielleicht schließt sich uns Esmeralda an nach ihrer Sendung über die neue Sopranistin am Stadttheater. Sie soll trotz ihrer Jugend eine begnadete Stimme haben", kündigt sie bedeu-

tungsvoll an.

Offenbar ist diese Esmeralda Radiomoderatorin oder Kulturbeauftragte oder beides zusammen und gehört somit für Desiree zu den Personen, die man kennen sollte.

Sie zeigt auf den Maler und sagt freundlich: „Bitte, mein lieber Hans-Joachim!"

Doch ich spüre, dass ihre Freundlichkeit nicht echt ist.

Hans-Joachim verbeugt sich kurz, hebt sein Glas und ruft: „Auf die Kunst!"

Dabei sieht er jedem kurz in die Augen mit einem unangenehm bohrendem Blick. Trotzdem ist mir jeder Blick lieber, als wenn jemand sein Gegenüber nicht anschaut, in die Luft oder gegen die Wand spricht. Solchen Leuten kann ich kein einziges Wort glauben.

Der Maler spricht mit leiser Stimme ohne Punkt und Komma und redet sich in Fahrt. Malerei habe ihn schon als Kind fasziniert, er liebt Farben und verschiedene Techniken, die er ausführlich erklärt. Seine Freundin schaut ihm mit erstaunt aufgerissenen Augen zu und hängt an seinen Lippen. Sie lächelt. Doch ich sehe genau, dass sie nicht zuhört, sondern an etwas Anderes denkt.

„Ich fotografiere auch. Alle meine Bilder und Fotografien sind nicht nur im Original, sondern auch als Kunstdruck auf Acrylglas erhältlich." Dann wendet er sich direkt an mich und fragt, ob ich bereits seine aktuelle Ausstellung in Penig besucht habe.

„Leider nicht", gebe ich zu und will fragen, wo dieser Ort liegt, von dem ich bisher noch nie zuvor hörte.

Doch dazu komme ich nicht, weil Hans-Joachim sofort weiterspricht und von seinen vielen großen Erfolgen prahlt.

Für mich sind die Ansammlungen toter Dinge in Museen ein Gräuel und langweilen mich. Interessant und zugleich amüsant finde ich nur die Besucher, die gemessenen Schrittes mit feierlicher Miene von Raum zu Raum schreiten und minutenlang ein Gemälde betrachten. Unterhalten kann man sich mit ihnen nur selten, weil sie sich meist umständlich ausdrücken und irgendwie herablassend und gleichzeitig angepasst auf mich wirken. Es ist immer der gleiche Typ Mensch.

Das ist bei Ballettaufführungen anders. Dort sieht man junge Leute in Jeans und Pulli und aufgetakelte Herrschaften gleichermaßen, denen echte Bewunderung für den Tanz anzumerken ist. Doch trifft das auch auf Desiree zu?

Der Autor räuspert sich mehrmals. Ich vermute, er will etwas aus seinem Buch lesen. Doch er wendet sich an den Maler und fragt: „Kennen Sie einen guten Grafiker?"

Hans-Joachim wirft sich in Pose und klopft mit der Hand auf seine Brust.

„Ich bin selbst ein studierter Grafiker. Doch ich arbeite nicht für den schnöden Kommerz, sondern widme mein Schaffen ganz der Kunst."

Er *widmet sein Schaffen* – diese Formulierung amüsiert mich. Doch soeben sprach er davon, dass man seine Bilder kaufen kann, also ganz ohne Kommerz funktioniert die Kunst auch bei ihm nicht. Seine Rede kam mir ohnehin wie ein einstudierter Werbetext vor.

„Was halten Sie als Fachmann von meinen Titelbildern?", macht der Autor gekonnt auf seine Bücher aufmerksam und hält beide hoch.

„Ha! Das sehe ich schon von weitem."

„Was sehen Sie, wenn ich fragen darf?", fragt der Autor und duckt sich ein wenig.

Sein Blick scheint gleichzeitig drei gegensätzliche Bedeutungen zu haben: ängstlich, herablassend und abwehrend.

„Dass es wohl ein Eigenentwurf ist."

Hans-Joachim wirft jedem in der Runde einen vielsagenden Blick zu.

„Woran erkennen Sie das?"

„Das Rot ist viel zu dominant im Schwarz und drückt das Bild schwer nach unten. Die Schrift ist einfallslos."

„Einfallslos?", frage ich.

„Man benutzt heute Schreibschrift oder über das gesamte Blatt verteilt Großbuchstaben", erklärt Hans-Joachim.

„Schreibschrift kann man schlecht lesen und *Regionalzug* komplett in Großbuchstaben auch nicht, abgesehen davon, dass es grammatikalisch falsch wäre."

Daraufhin mustert er mich von oben bis unten mit einem übertrieben verächtlichen Blick.

„Verstehen Sie etwas von Kunst? Sind Sie ausgebildeter Grafiker? Falls nicht, sollten Sie Ihre Meinung für sich behalten!"

Warum sollte ich meine Meinung nicht sagen? Jeder hat eine Meinung und hier wird über Titelbilder gesprochen.

„Mir muss ein Bild optisch gefallen und der Titel eines Buches deutlich zu lesen sein", sage ich. „Ansonsten beachte ich das Buch nicht näher."

Der Herr Grafiker dreht mir demonstrativ den Rücken zu und zeigt auf das Titelbild.

„Sie sollten ein Haus im Nebel darstellen, davor eine Frau, die nur von hinten zu sehen ist. Das erhöht die Spannung. Und alles in Grau-Grün gehalten."

„Das verstehe ich nicht", melde ich mich erneut.

„Der Krimi heißt *Tod im Regionalzug*, weshalb ich das rote Zugabteil vor dem schwarzen Hintergrund für passender halte als ein Haus mit einer Frau davor."

Hans-Joachim wirft mir einen weiteren verächtlichen Blick zu.

„Was sagen Sie dazu?", frage ich den Autor.

„Sie haben mit Sicherheit einen guten Grund, genau diese Titelbilder für ihre Bücher gewählt zu haben."

Er räuspert sich wieder und wirkt etwas verlegen.

„Das Buch ist bereits gedruckt. Schwarz und Rot sind bei Krimis die bevorzugten Farben und kennzeichnen außerdem meine Regionalreihe."

Ich schaue mir sein zweites Buch an, das tatsächlich in den gleichen Farben gehalten ist und auch die gleiche Schrift aufweist. Auch das Bild von einem roten Tuch unter einem fast schwarzen Strauch passt zum Titel „Die Leiche im Stadtpark". Ich lese höchst selten Krimis, doch ein Roman, der hier in der Stadt spielt, interessiert mich.

„Wie sind Sie auf die Geschichte gekommen?", frage ich.

„Es gab vor einigen Jahren einen wahren Mordfall in einem Zug von Chemnitz nach Zwickau, worüber ich eine kurze Notiz in der Zeitung las. Das hat mich zu dieser Geschichte inspiriert. Zur Leiche im Stadtpark inspirierte mich ebenfalls ein Zeitungsartikel."

Während ich mich erkundige, ob ich eines der

beiden Bücher kaufen kann, gern mit einer Widmung, erklärt Hans-Joachim, wie ein gutes Titelbild aufgebaut sein muss. Seiner Meinung nach geht es allein um das Gleichgewicht der Farben, nicht um den Inhalt des Romans und schon gar nicht um die Wünsche des Autors.

Desiree hat mir die ganze Zeit über Blicke zugeworfen, missbilligende Blicke. Damit gibt sie mir zu verstehen, dass ich mich falsch verhalte. Dabei habe ich mich nur bemüht, die kleine Gesellschaft zu unterhalten, was recht schwierig ist. Der Autor und vor allem der Maler sind nur an sich selbst interessiert, fremde Bücher und Bilder scheinen sie nicht zu kennen. Hans-Joachims Freundin beteiligt sich gar nicht am Gespräch, haucht nur ab und zu ein sanftes *Fein*. Und Desiree antwortet auf Fragen nur grob und kurz, nicht viel mehr als ein Ja oder Nein. Ich merke, dass ich immer wieder zu ihr schaue, um zu prüfen, ob ich schon wieder eine falsche Geste oder eine falsche Bemerkung gemacht habe. Ich weiß, dass man hier in Deutschland auf bestimmte Themen sehr empfindlich reagiert, schon das Wort deutsch kann kränken oder zu ausfälligen Reaktionen führen. Als ich sage, dass ich zur Hälfte Norweger bin, erklärt der Maler, Norwegen sei kalt und wenig inspirierend. Auch dazu sagt seine Freundin:

„Fein!"
Ich bin inzwischen derart verkrampft, dass ich den Gesprächen kaum noch folgen kann und mir jedes Wort verkneife.

Seit einigen Minuten herrscht unangenehmes Schweigen. Der Autor blättert in seinem Buch und Hans-Joachim bewertet Munchs Gemälde. Ich kann an seinen Worten und der Stimme nicht erkennen, ob er sich über sie lustig macht oder bewundert.

Plötzlich kommt Desiree an meine Seite, legt ihren Arm um meine Schulter und bittet: „Meine Liebste, erzähle uns von deinen beiden Ballett-Mädchen!"

Ich bin zwar nicht ihre Liebste und mag auch ihr falsches Lächeln nicht, doch diesen Gefallen tue ich ihr sehr gern.

„Wen interessieren Hupfdohlen?", fragt Hans-Joachim herablassend, ohne vom Buch aufzuschauen.

Fassungslos und etwas irritiert suche ich Blickkontakt mit Desiree. Sie ist die Hausherrin und sollte die Gespräche steuern, Schweigsame aus der Reserve locken und taktlose Kommentare unterbinden oder abmildern. Sie lächelt mich freundlich an und nickt aufmunternd. Hat sie die ungezogene Bemerkung überhört?

Ich beschließe, sie ebenfalls zu ignorieren und

bemühe mich um eine ruhige Stimme, als ich erkläre: „Ballett ist künstlerischer Bühnentanz, die Tänzer sind also Künstler."

Hans-Joachim lacht gehässig.

„Ein Künstler ist kreativ. Tänzer, Musiker und Schauspieler machen das, was andere ihnen vorgeben. Sie sind also keineswegs kreativ und deshalb auch keine Künstler im Gegensatz zu Malern und Schriftstellern."

Vielsagend und stolz schaut er zu Desiree und zum Autor, die ihm beide zunicken.

„Die besondere Kunst beim Ballett ist, dass jede Bewegung der Tänzer leicht und schwebend aussieht, was man erst nach vielen harten Trainingsjahren beherrscht. Deshalb fangen die meisten bereits mit drei Jahren an zu tanzen", erkläre ich mit fester Stimme.

Ich nehme mir vor, mich von diesem Maler nicht provozieren zu lassen, der sich bisher zu allem abfällig und geringschätzig äußerte.

„Sport. Das ist reiner Sport und hat mit Kunst nicht das Geringste zu tun", spottet er.

Doch Desiree widerspricht ihm.

„Ballett ist sehr wohl eine Kunst. Allerdings nur das klassische Ballett, dessen Wiege in Russland steht."

Meines Wissens hat Ballett seinen Ursprung in Frankreich. Außerdem gibt es sehr viele Formen des klassischen Balletts.

Hans-Joachim wendet sich ganz dem Autor zu, erklärt lautstark Farbkombinationen und weist auf Fehler hin, die dem Laien immer wieder passieren. Zwar fragt er hin und wieder Desiree oder den Autor, doch es sind rein rhetorische Fragen, auf die er keine Antwort erwartet, sondern nur seine Meinung bestätigt haben will. Überhaupt zieht er das Gespräch immer wieder an sich.

„Tänzer zu lernen ist kompletter Unsinn", weiß er plötzlich. „Ich habe mit fünfunddreißig Jahren mein Studium beendete und mit vierzig Fuß in der Kunstszene gefasst. Spätestens mir vierzig ist die Karriere jedes Tanzmädels zu Ende, falls es jemals eine gegeben hat."

Sein gehässiger Ton ärgert mich, weshalb ich etwas kurz angebunden ergänze: „Immerhin hätte sie bereits siebenunddreißig Jahre lang getanzt."

Innerlich ergänze ich, sie hätte Erfahrungen gesammelt, während er im gleichen Alter blutiger Anfänger war.

„Für ein eigenes Kind wäre es dann allerdings zu spät. Und falls sie früher schwanger wird, ist ihre Karriere entsprechend früher beendet."

Ich seufze. So weit denke ich noch nicht und meine Mädchen natürlich auch nicht. Doch Hans-Joachim gibt sich interessiert und will wissen, welche Tätigkeit meiner Tochter nach dem

Karriere-Aus vorschwebt.

Seine Unverschämtheit macht mich plötzlich ganz ruhig und ich antworte freundlich: „Für derartige Pläne ist sie noch zu jung. Im Moment träumt sie davon, einmal in Kiew oder Sankt Petersburg zu tanzen."

Ich habe es noch nicht ganz ausgesprochen, da bereue ich meine Worte. Desiree lacht und wirft dabei ihren Kopf nach hinten.

„Aber, aber, meine Liebste, diesen Floh solltest du der armen Kleinen unbedingt ausreden. Bisher hat es noch keine einzige deutsche Tänzerin in eine der guten russischen Ballettgruppen geschafft."

Das kann ich so nicht stehen lassen und erzähle von Fabienne Hott aus Mainz, die seit gut zwei Jahren zum Ballett der Nationaloper in Kiew gehört und bereits während ihrer Ausbildung viele Preise in Moskau gewann.

„Tänzer genießen in Russland einen ganz anderen Stellenwert als hier. Sie sind gefeierte Stars, mehr noch als bei uns Fußballer."

Die Leute gehen regelmäßig zu Vorführungen und sehen sich diese sogar mehrmals an. Zum Schluss erwähne ich, dass ich besonders vom Igor Moiseejew-Ballett begeistert bin.

Ich sehe Desiree an, dass sie diesen Namen noch nie gehört hat, trotzdem setzt sie eine bewundernde Miene auf.

„Gibt es hier keine Musik?", erkundigt sich die Maler-Freundin. „Es ist so still hier."
Musik habe ich bereits beim Hereinkommen vermisst. Leise Hintergrundmusik dämpft die Geräusche und sorgt für eine angenehme Atmosphäre. Doch ich sehe weder ein Radio noch ein Abspielgerät für CDs, auch keine Lautsprecher. Es gibt außer den drei Stehtischen kein einziges Möbelstück, worauf man etwas abstellen könnte. Und das Regal ist voller Gläser und Flaschen.
„Daheim brauche ich meine Ruhe", erklärt Desiree energisch. „Ich muss mich konzentrieren, Musik lenkt nur ab."
Laute Musik lenkt tatsächlich ab und stört die Konzentration und vor allem die Unterhaltung, leise Melodien dagegen nicht. Doch bei Desiree erkenne ich einen ganz anderen Grund: Sie liest daheim kein einziges Buch, hört keine Musik, sondern lebt nur dafür, bei öffentlichen Veranstaltungen gesehen zu werden.

Nicole

Meine Nachbarin Nicole kommt durch die geöffnete Terrassentür und schwenkt zwei kleine Sektflaschen in der Hand.
„Bring mal Gläser!", verlangt sie und lässt sich

auf mein Sofa fallen.

Im Grunde mag ich unkomplizierte Leute, die nicht lange fragen und um den heißen Brei reden, doch manchmal geht mir Nicoles unbekümmerte Zutraulichkeit zu weit.

„Sag einfach, wenn es dir nicht passt! Dann gehe ich wieder."

Doch meist bringe ich es nicht übers Herz, sie wegzuschicken, obwohl ich noch viel zu übersetzen habe.

Plötzlich zieht sie sich ihren Pulli über den Kopf und sitzt im BH vor mir. Was soll das?

„Fällt dir nichts auf, du blindes Huhn?"

Ich schüttle den Kopf.

„Was sollte mir auffallen? Dass du verrückt bist, ist schließlich nicht neu für mich."

Nicole kichert.

„Meine Brüste! Sind die nicht wunderschön geworden?"

„Geworden?"

„Mein Mann hat sich schon lange Doppel-D gewünscht. Hübsch, was?"

Fassungslos starre ich auf ihre üppigen Brüste. Um ihrem Mann zu gefallen, hat sie sich operieren lassen?

„Tut das nicht schrecklich weh?"

Nicole schüttelt den Kopf.

„Nicht weiter schlimm. Außerdem kommt es nur auf das schöne Ergebnis an."

Sie hält ihre Hände unter die Brüste, hebt sie leicht und strahlt mich zufrieden an.

„Nun sag schon was!"

Offenbar will sie bewundert werden. Ich kann nur schlecht lügen, will sie aber auch nicht kränken. Ich lächle sie an und nicke.

„Gib endlich zu, dass du neidisch bist!"

Jetzt muss ich lachen. Nicole trägt gern enge Pullis, was auf mich immer etwas ordinär wirkt. Ich bin eher der praktische Typ.

„Die Narben sind winzig. Willst du sie sehen?"

Energisch winke ich ab.

„Zieh lieber deinen Pulli wieder an!"

„Mein Holder hat knapp acht Tausender dafür springen lassen."

Nicoles Mann ertrage ich bis heute noch nicht. Schon seine Stimme halte ich kaum aus und seine Art von Humor macht mich krank. Deshalb bin ich froh, dass ich ihn kaum noch sehen muss. Björn und Philipp mochten ihn ebenfalls nicht. Meist äußerte er sich herablassend über Frauen, was Nicole nicht zu stören schien.

8.000 Euro für eine Schönheitsoperation, die am Ende gar nicht schöner macht? Für so viel Geld bekommt man eine schöne Couchgarnitur. Das wäre mir zum Beispiel wichtiger gewesen, weil meine während der letzten Jahre schon recht abgewetzt aussieht.

Doch Nicole braucht das nicht. In ihrem Haus

ist alles hochmodern und neu, da sie aller zwei Jahre renovieren und Möbel austauschen lässt. Ihr Mann bekommt als Amtsrat ein hohes Gehalt, sie arbeitet nur so zum Spaß einige Stunden im Monat in einer Boutique.

Ich dagegen komme gerade so über die Runden und bin für jede Unterstützung von Björn und seinen Eltern dankbar. Ohne diese Unterstützung könnten meine Mädchen keinen Tanzunterricht nehmen.

*****

Dabei fällt mir ein, dass ich Nicoles Kinder schon längere Zeit nicht mehr gesehen habe.

„Wie geht´s deinen beiden Kindern?", frage ich.

„Ach", sie winkt ab und fängt plötzlich an zu weinen.

Erschrocken schaue ich sie an und rechne insgeheim mit einer schlimmen Geschichte.

„Ich vermisse sie", jammert sie.

„Was ist denn passiert?"

„Tamara hat es geschafft. Ab nächsten Monat tritt sie jede Woche in einer TV-Show auf."

„Aber das ist doch wunderbar!", rufe ich aus.

Nicole schnäuzt in ihr Taschentuch.

„Doch sie ist schon seit vier Monaten weg. Ich weiß gar nicht, wie es ihr geht."

„Aber wo ist sie denn?", erkundige ich mich.

„Ganz weit weg in Amerika", sagt Nicole halb stolz und halb bedauernd.

Ich erfahre, dass Tamara Model werden will. Sie ist ein hübsches und sehr groß gewachsenes schlankes Mädchen mit langen blonden Haaren. Nicole kauft ihr viele teure Kleider und Schuhe, fotografiert sie in jedem neuen Outfit und zeigt stolz die Fotos herum.

Im letzten Jahr hat sie sich bei einer Fernsehshow für Models beworben und ist jetzt mit vielen anderen Mädchen irgendwo in der Welt unterwegs. Zur Zeit ist sie nicht telefonisch zu erreichen, weil ihnen die Handys abgenommen wurden. Es gibt regelmäßig Prüfungen, bei denen die Mädchen in tiefes Wasser tauchen, in schwindelnder Höhe balancieren oder sich nackt am Strand räkeln müssen. Dabei werden sie fotografiert und bewertet.

„Mein kleines Mädchen nackt am Strand? Das wird sie nicht machen wollen."

„Tamara ist siebzehn Jahre alt und hat sich im letzten Jahr nackt im Garten gesonnt."

„Na und? Der Garten ist unser Privatgrundstück und kein öffentlicher Strand, wo jeder sie sehen kann."

Ich finde das zwar auch nicht gut, doch Tamara zeigt sich gern. Sie *will* gesehen und bewundert werden.

„Mir wäre es lieber, sie trägt auf Modeschauen

tolle Kleider von Gucci, Gaultier oder wie die alle heißen."

Deren Kleider sind allerdings auch nicht gerade hoch geschlossen. Außerdem hat sich Tamara bei einer Fernsehshow beworben und nicht bei einer Modelagentur.

„Deine Tochter will also Model werden. Gibt es in Chemnitz keine Modelagenturen?"

Nicole rümpft die Nase.

„Chemnitz. Wer würde ein Model aus Chemnitz buchen?"

Zumindest hätte Tamara ihre Schule beenden können, wenn sie hier in Chemnitz geblieben wäre. Mitten im Schuljahr alles abzubrechen und sich auf solch eine unsichere Sache wie eine Fernsehshow einzulassen, halte ich für leichtfertig. Aber ich kenne Tamara. Sie hat einen starken Willen und lässt sich nicht so leicht dreinreden, schon gar nicht von ihrer Mutter.

„Und wann kommt sie wieder?", frage ich mitfühlend, denn Nicole sieht wirklich elend aus und sorgt sich offenbar sehr um ihre Tochter.

„Was weiß denn ich? Nach jedem Fotoshoot werden zwei Mädchen nach Hause geschickt und zwar die, die es vergeigt haben."

„Vergeigt?"

„Verkackt!", faucht sie.

Wenn also Tamaras Foto dem Veranstalter

nicht gefällt, muss sie die Show verlassen. Gibt es ein gutes Fotos, darf sie bleiben, kommt aber nicht nach Hause.

„Oje! Dann weißt du gar nicht, ob du dich über ihren Erfolg freuen oder ärgern sollst."

Nicole seufzt.

„Natürlich will ich, dass sie gewinnt. Aber ich vermisse sie so schrecklich! Und wenn sie eines Tages ein berühmtes Model ist, sehe ich sie vielleicht überhaupt nicht mehr."

Nun weint sie. Dann hellt sich ihre Miene auf und sie berichtet stolz: „Sie ist schon auf einer Modenschau in Berlin gelaufen."

„Hast du sie dort gesehen?"

„Was glaubst du? Ich wusste doch gar nicht, dass sie in Berlin war. Jetzt ist sie in New York."

„Das ist doch toll!", rufe ich aus, doch Nicole weint schon wieder.

„Tamara wird kreuzunglücklich sein, wenn sie nach Hause muss."

„Aber nein!", rufe ich aus. „Das glaube ich nicht. Du hast gesagt, sie ist jetzt in Amerika und war schon auf einer berühmten Modemesse und an einem Strand am Meer. Das hätte sie niemals erlebt, wenn sie sich nicht beworben hätte."

Für mich klingt die ganze Sache nach einem unglaublich tollen Abenteuer, genau richtig für junge lebenshungrige Mädchen.

„Woher weißt du eigentlich, dass sie in Berlin

war?"

„Manchmal darf sie anrufen und wird dabei gefilmt. Die ganze Welt hört also, wenn sie sich beklagt oder gar weint."

Das finde ich ziemlich peinlich.

„Wenn wir zusammen telefonieren, zeigen sie auch mich auf dem Bildschirm. Deshalb gehe ich nur noch geschminkt ins Bett."

„Wieso das?", frage ich lachend.

„Weil ich nie weiß, wann Tamara anrufen darf. Denke an die Zeitverschiebung zwischen Los Angeles und Chemnitz! Aus dem Haus traue ich mich auch nicht mehr, weil ich Angst habe, den Anruf zu verpassen."

Das kann ich gut nachvollziehen und sage ihr das. Allerdings ist mir nicht klar, weshalb sie den Mädchen die Handys wegnehmen.

„Die Mädchen würden ständig Fotos machen und diese auf Instagram und Facebook posten. Die Sendung wird aber erst drei Monate nach dem Dreh im Fernsehen ausgestrahlt. Mit ihren Handys würden die Mädchen alles schon vorher verraten."

„Ich verstehe. Doch kann man wirklich alles über solch eine lange Zeit geheim halten?"

Nicole nickt.

„Tamara musste einen entsprechenden Vertrag unterschreiben."

Nun wird mir langsam klar, wie solch eine Show

abläuft.

Ich umarme Nicole und tröste: „Du kannst nichts machen. Es kommt wie es kommt."

„Das weiß ich." Dann verändert sich ihre Stimme und sie erzählt begeistert: „Stell dir vor, Tamara hat bereits 18.000 Follower und will wie die meisten Models Influencer werden."

„Die Grippe?"

Nicole schaut mich erstaunt an.

„Wie kommst du jetzt auf eine Krankheit?"

„Influenza?"

Jetzt verdreht sie die Augen und erklärt empört: „Stell dich nicht so blöd! Noch nie was von Influencer gehört? Das sind Meinungsführer."

„Ah! Aus dem Englischen von beeinflussen!"

Nicole zuckt mit der Schulter.

„Sobald jemand etwa 25.000 Follower hat, kommen die Firmen auf sie zu, die Kleider, Schmuck oder Kosmetik herstellen."

Wieder verdreht Nicole genervt ihre Augen, weil sie an meinem unsicheren Blick sieht, dass ich mich damit gar nicht auskenne.

„Das ist ganz einfach: Die Fans, die die Fotos meiner Tamara anschauen, wollen die gleichen Sachen und Frisuren tragen wie sie. Deshalb bekommt sie die Klamotten und die Schminke von den Herstellerfirmen und obendrein noch dicke Kohle dazu."

Vorstellen kann ich mir noch immer nicht, dass

man mit Fotos von sich selbst Geld verdienen kann, doch es wird wohl so sein, da Tamara diesen seltsamen Beruf ausüben will.

***

„Und dein Sohn? Was macht er?"

„Ach, der macht uns nur Kummer", beklagt sich Nicole. „Er will nach der Hauptschule TFA werden."

Ich habe keine Ahnung, was TFA ist und frage nach.

Nicole betont jede Silbe, als sie antwortet: „Tiermedizinischer Fachangestellter, Tierarzthelfer."

„Das ist ein schöner Beruf."

Nicole rümpft die Nase.

„Tiere stinken! Er will runter von der Schule, keinen richtigen Abschluss machen, kein Abitur, kein Studium."

„Aber das ist doch nicht schlimm!"

„Ist es wohl! Er sollte wie sein Vater eine Beamtenlaufbahn einschlagen."

Offenbar will er das nicht, er will lieber Tierarzthelfer werden und hat sich bereits erkundigt, wo und wie lange er lernen muss.

Ich finde es gut, wenn Kinder frühzeitig wissen, was sie einmal werden wollen. Besser jedenfalls, als wenn sie jahrelang studieren, verschiedene Richtungen ausprobieren und sich nie wirklich festlegen.

Meine Töchter wollen tanzen und Nicoles Tochter will Model werden. Sie wissen alle drei, was sie wollen und wussten es schon immer. Doch ich weiß nur, was ich *nicht* will. Mir fehlt jeglicher Ehrgeiz. Ich bin einfach nur zufrieden mit mir und meinem Leben.

„Du bist wie ein Dachs."

„Was ist denn ein Dachs?"

Diese Vokabel kenne ich nicht und vermute ein sächsisches Wort in Mundart.

„Ein Dachs ist ein Raubtier, ein Marder mit langer Nase."

Automatisch fasse ich mir an die Nase. Nicole lacht.

„Doch nicht vom Aussehen! Ich meine das Fabeltier. In der Fabel ist ein Dachs ruhig und nachdenklich – genau wie du."

„Und was bist du?", frage ich leicht verärgert.

„Ich bin ein schöner stolzer Hahn." Sie richtet sich auf und wirft ihre Haare nach hinten. „Zumindest vom Aussehen."

Nun lache ich, weil sie sich als bunten Hahn sieht und nicht als farblose Henne. Das Bild passt zu ihr, weil sie sich immer auffällig geschminkt und gekleidet präsentiert.

„Jeder Mensch ist wie ein Tier, manche im Aussehen und manche in ihrem Wesen."

Mir ist noch niemals der Gedanke gekommen, den Menschen mit einem Tier zu vergleichen, doch irgendwie finde ich die Idee lustig. Emma wäre wohl wie eine Katze, mal schnurrt sie und mal ist sie kratzbürstig und geht mir aus dem Weg. Für Anja fällt mir ein zierliches Eichhörnchen ein, dessen Bewegungen so leicht aussehen, als würde es beim Laufen nie den Boden berühren.

Bevor Nicole geht, verspricht sie: „Ich rufe dich an, wenn der Sendetermin für Tamaras Show feststeht."
Das freut mich, denn ich will es keinesfalls verpassen, wenn Tamara im Fernsehen zu sehen ist und meine Mädchen sicher ebenfalls nicht.

Medium

Im Haus meiner Schwiegereltern ist es ungewohnt still. Normalerweise höre ich Mutter immer irgendwo rumoren, als würde sie jeden Tag ihr gesamtes Haus auf den Kopf stellen und von oben bis unten durchputzen. Niemals legt sie sich zu einem Mittagsschlaf hin. Sie sagt, wenn sie Vater nach dem Essen ins Bett gebracht hat, ist für sie die einzige ungestörte Zeit für den Hausputz.

Doch es ist so ruhig im Haus, dass ich schon glaube, Mutter habe sich ausnahmsweise hingelegt. Leise öffne ich die Tür zur Küche, um die Kuchenplatten, auf der sie Emmas Geburtstagstorte zu uns brachte, abzustellen. Da sehe ich Mutter am Tisch sitzen und fassungslos vor sich hin starren; genauso, wie es Vater manchmal macht. Sie schüttelt wie ratlos den Kopf und bemerkt nicht, dass ich neben ihr stehe.

„Ist etwas mit Vater?", erkundige ich mich.

Sie schaut nicht auf und schüttelt weiter ihren Kopf, immer wieder. Ich bin mir nicht sicher, ob sie meine Frage überhaupt verstanden hat.

„Wo ist Vater?", frage ich etwas lauter.

„Im Bett", antwortet sie und seufzt.

Sie wirkt erschöpft und irgendwie durcheinander. Offenbar quält sie etwas. Das kenne ich gar nicht an ihr. Meist ist sie kurz angebunden und direkt barsch und äußerst kritisch.

Ich lege meine Hand auf ihre Schulter und frage: „Geht es dir nicht gut?"

Sie schaut mich an, als wäre ich aus einer anderen Welt und sagt: „Ich weiß es nicht."

Sie weiß nicht, ob es ihr gut geht? Aber sie sitzt da, als hätte sie Fliegenpilze gefressen. Das ist so ein typischer Spruch von Vater, den er gern anbringt, auch wenn er oft nicht passt.

„Kann ich dir irgendwie helfen?"

„Ich glaube nicht", flüstert sie.

Dann eben nicht! Man soll niemandem seine Hilfe aufzwingen, wenn er sie nicht will. Also drehe ich mich um und gehe zur Tür.

„Bis morgen dann!"

„Warte!", ruft sie mir nach. „Setz dich zu mir!"

Ich ziehe mir einen Stuhl heran und bin auf alles gefasst. So blass und verstört wie Mutter aussieht, wird es keine gute Nachricht sein.

„Nachdem ich Vater ins Bett gebracht hatte, hörte ich ganz deutlich ..." Sie stockt und wischt sich fahrig durchs Gesicht. „Ach, hol mir zuerst einen Schnaps, einen richtigen."

„Einen richtigen?"

Was meint sie damit? Normalerweise trinkt sie gern einen Eierlikör, doch erst am Abend, nicht am *hellerlichten Tag*, wie sie es ausdrückt.

„Einen Korn! Der steht im Kühlschrank."

Während ich die Flasche greife, ergänzt sie: „Trink einen mit! Du wirst ihn brauchen."

Das klingt gar nicht gut. Doch ich frage nicht nach und gieße mir wortlos einen Korn ein, obwohl ich den nicht so gern mag, schon gar nicht zur Mittagszeit.

Mutter kippt ihn mit einem einzigen Schwung hinunter, wischt sich über den Mund und atmet hörbar aus.

„Also, ich war ein wenig erschöpft und wollte mich kurz ausruhen. In diesem Moment hörte ich ganz deutlich eine Stimme, die zu mir sagte, ich solle mir keine Sorgen machen, ihr ginge es jetzt gut."

Das ist alles? Sie wird eingeschlafen sein. Kurz vor dem Tiefschlaf schwirren immer Gedanken durch den Kopf, man schläft noch nicht und ist nicht mehr ganz wach. Alles ist noch halb real und schon halb wie im Traum. Das wird sie nicht zugeben, weil sie sich *bei Tage* nicht hinlegt. An Arbeit ist noch keiner gestorben, ist einer ihrer Lieblingssprüche.

„Mach dir keine Sorgen!", sage ich, lächle sie an und hebe dabei mein Glas.

„Warte! Das war noch nicht alles." Sie macht eine Pause und überlegt sichtlich, wie sie die Geschichte formulieren soll. „Ich wusste sofort, dass ich nicht geträumt hatte, denn dafür war die Stimme zu echt, zu deutlich. Verstehst du?"

Ich nicke, obwohl ich mir sicher bin, dass sie nur geträumt hat. Manche Träume wirken real, sind es aber nicht. Trotzdem erkundige ich mich, ob sie die Stimme erkannt hat.

„Es war eindeutig die Stimme meiner Schwester. Sie war so klar und deutlich, als säße sie neben mir auf der Couch. Aber ich habe niemanden gesehen."

Natürlich nicht. Ich seufze und überlege, ob nun auch Mutter dement wird, wenn sie sich Stimmen einbildet und darüber ernsthaft nachdenkt. Vielleicht sollte ich mich mehr um sie kümmern und täglich nach ihr und Vater schauen.

„Du weißt ja, dass meine Schwester in Düsseldorf wohnt und wir uns nur selten sehen."

Ich stimme ihr zu. Mutter rückt sich zurecht und beugt sich näher zu mir, als müsse sie mir ein Geheimnis verraten. Ihr wird die Geschichte mit der Stimme nicht geheuer und gleichzeitig peinlich sein.

„Du weißt ja, dass ich meine Schwester jeden Sonntag anrufe."

Ich nicke. Dieser Brauch gefällt mir so gut, dass ich am liebsten ebenfalls meine beiden Geschwister regelmäßig anrufen würde. Doch das geht nicht, weil Eldar auf See ist und Jante im Kloster. Nur mit Mutter skype ich jetzt öfter. Emma hat mich draufgebracht. Man telefoniert mit dem Computer und kann sich dabei sogar sehen. Ich kannte zwar solch eine Möglichkeit, doch ich kam seltsamerweise nicht von allein auf die Idee, Skype zu nutzen. Auf die einfachsten Dinge kommt man wohl immer zuletzt.

„Am letzten Sonntag klagte meine Schwester, sie fühle sich seit Wochen nicht wohl."

Nun ist mir klar, weshalb Mutter von ihrer Schwester träumte. Sie wünschte sich im Halbschlaf, dass es ihr wieder gut geht.

„Siehst du, die Stimme hat dir gesagt, dass es ihr gut geht. Manchmal spürt man das, wenn man sich nahe steht."

„Sicher hast du Recht."

Mutter wackelt mit dem leeren Glas, was wohl bedeutet, dass ich nachschenken soll. Ich hole also den Korn noch einmal aus dem Kühlschrank und gieße ihr Glas voll. Sie trinkt es sofort leer.

Was ist nur los mit ihr? Sie will zur Mittagszeit zwei Schnäpse trinken. Das ist nicht nur ungewohnt, sondern ausgesprochen seltsam und ganz und gar nicht gesund.

„Ich merke doch, dass du mir nicht glaubst!", sagt sie enttäuscht.

„Doch, doch!", versichere ich schnell. „Es ist nur alles so merkwürdig."

Mutter nickt.

„Merkwürdig." Wieder nickt sie. „Mir kam dieser Satz, dass es ihr gut geht, so übermäßig bedeutsam vor." Sie schaut nachdenklich an die Decke. „Ja, bedeutsam ist das richtige Wort."

Bedeutsam klingt sehr dramatisch. Dabei ist es kein Drama, eine Stimme zu hören, vor allem nicht, wenn man über dem Einschlafen ist.

„Übermorgen ist Sonntag", tröste ich und klopfe ihr beruhigend auf die Hand. „Dann kann dir deine Schwester noch einmal bestätigen, dass es ihr gut geht."

Mutter nickt und weint gleichzeitig. Sie lässt die Tränen einfach laufen und ergreift auch nicht das Taschentuch, das ich ihr reiche.

„Mein Schwager hat vorhin angerufen."

Hoffentlich hat er nicht gesagt, dass seine Frau ins Krankenhaus musste. Düsseldorf ist gut 500 Kilometer von Chemnitz entfernt. Wenn Mutter sofort hinfahren möchte, werde ich mich um Vater kümmern.

Weil sie nicht weiterspricht, frage ich, was genau der Schwager gesagt hat.

Mutter schaut mich mit weit aufgerissenen Augen an, aus denen immer noch die Tränen laufen.

„Was hat er gesagt?", frage ich noch einmal.

„Er sagte, dass seine Frau vor einer halben Stunde gestorben ist."

„Was?", rufe ich entsetzt aus.

„Sie ist … Sie war … Sie wollte im nächsten Monat ihren 60. Geburtstag ganz groß feiern mit all ihren Freunden. Sie feierte so gern."

Ich nehme sie in meine Arme und nun weint sie hemmungslos und kann nicht mehr aufhören.

*****

Über den Tod habe ich mit meiner Schwiegermutter noch niemals gesprochen. Sie ist eine kühle Deutsche, die weder an ein Leben nach dem Tod noch an Nachrichten von Toten glaubt. Und doch hat sie solch eine Nachricht von ihrer verstorbenen Schwester bekommen, was sie geschockt und zutiefst verunsichert hat. Auch ich bin verwirrt und weiß nicht, wie ich damit umgehen soll. Ich glaube es nicht und muss gleichzeitig zugeben, dass es diese Stimme wohl gegeben haben muss, die genau zur Todesstunde der Schwester sprach.

Ich bin halb Norweger und glaube an Trolle, die im Wald und unter der Erde wohnen. Auch über die Nordlichter gibt es viele Mythen und Sagen. Die Sami (Ureinwohner) hielten die Nordlichter für die Seelen der Verstorbenen, weshalb man nicht über sie reden durfte. Deshalb bleiben heute noch viele Sami daheim, wenn sich diese Lichter zeigen. Ich selbst mag dieses faszinierende Naturschauspiel sehr. Fromm im heutigen Sinne ist man in Norwegen nicht. Allerdings glauben viele, dass hugr (Seele) unabhängig vom Körper lebt. Am weitesten verbreitet ist der Schicksalsglaube, den ich überhaupt nicht teile. Er widerspricht meiner Erziehung, dass ich für all mein Tun selbst verantwortlich bin und nicht das Schicksal dafür verantwortlich machen kann.

Deshalb halte ich Nachrichten von Verstorbenen für unwahr, für nicht möglich. Doch Mutter glaubt fest daran, die Stimme ihrer Schwester gehört zu haben. Meiner Meinung nach *spürte* sie eher, dass ihre Schwester gestorben ist. Ich habe schon oft gelesen, dass manche tatsächlich spüren, wenn ein Nahestehender stirbt. Ist dazu jeder in der Lage? Oder gelingt das nur ungewöhnlich sensiblen Menschen?

Für sensibel halte ich Mutter nicht, weil sie kein Verständnis für die Krankheit ihres Mannes zeigt. Sie nimmt ihn als Person nicht ernst und schimpft ihn aus, als wäre er ein kleines Kind.

Ich nehme mir vor, über diesen seltsamen Zufall über die Stimme und den Tod von Mutters Schwester nicht weiter nachzudenken. Es ist ein Zufall – nichts anderes.

*****

Knapp zwei Monate später bittet mich meine Schwiegermutter, sie zu einem Medium zu begleiten.

Ein Medium ist ein Kommunikationsmittel. Für mich ist die Sprache das wichtigste Medium, weil das Handeln, Denken und die Fantasie der Menschen durch die Sprache geprägt wird. Der Begriff kommt aus dem Lateinischen und bedeutet Mitte oder Mittelpunkt. Doch das kann sie nicht gemeint haben.

„Was genau meinst du mit Medium?"

„Ein Medium ist eine Person, die Kontakte zu Verstorbenen herstellen kann."

Will Mutter mir damit sagen, dass sie an diesen

Hokuspokus glaubt? Vielleicht hält sie sogar ein Leben nach dem Tod für möglich. Für mich ist das reiner Unsinn, über den ich nicht nachdenke. Man wird zu Asche verbrannt, wenn man gestorben ist. Vielleicht wächst an dieser Stelle ein Baum, aber kein neuer Mensch. Menschen entstehen aus der körperlichen Liebe eines Paares und sterben, wenn ihre Zeit vorüber ist. Endgültig.

„Glaube mir, dieses Medium ist seriös."

Sofort bin ich skeptisch, denn seriös kann solch ein Medium gar nicht sein. Deshalb schaue ich Mutter empört an und sehe in ihren Augen eine Mischung aus Zweifel und Angst, was mich sofort milde stimmt.

Ich kenne Mutter als kühle Realistin, doch seit sie glaubt, ihre Schwester habe sich direkt nach ihrem Tod gemeldet, hat sie sich verändert. In jedem Lied, in jeder Zahl vermutet sie eine Nachricht ihrer Schwester. Sie hat sogar Bücher über ein Leben nach dem Tod gekauft. Wo sollte man ihrer Meinung nach dem Leben leben? In einer Nachwelt, im Himmel oder im Jenseits? Ich weiß es nicht und es ist auch gleichgültig, wie man es nennen mag, weil man nach dem Tod eben tot ist.

„Du *musst* mich begleiten! Verstehst du?"

Ich muss gar nichts und ganz sicher werde ich diesen Unsinn nicht unterstützen.

„Ich habe diese Frau angerufen und für morgen Abend einen Termin vereinbart."

Das ist nicht mein Problem.

„Sie wohnt nur siebzig Kilometer von hier entfernt, in einer knappen Stunde wären wir dort."

Energisch schüttle ich meinen Kopf.

„Nein, ich werde dich nicht begleiten."

Sie greift nach meiner Hand und drückt sie so fest, dass es schmerzt.

„Eila, ich bitte dich!"

Aufgeregt erklärt sie mir, dass dieses Medium mit Verstorbenen in Verbindung treten und Botschaften empfangen kann. Die Frau will vorher nicht wissen, wer wann und warum aus der Familie gestorben ist. Sie will nur zwischen der geistigen und realen Welt vermitteln. Ausgebildet wurde sie von einem berühmten englischen Medium.

Dass es derartige Ausbildungen gibt, wusste ich nicht, natürlich nicht.

„Weißt du, wie sie sich nennt?"

Das weiß ich nicht und will es auch gar nicht wissen.

„Sie nennt sich Übersetzer – genau wie du."

Jetzt verdrehe ich meine Augen, denn diesen Hokuspokus mit meiner realen Arbeit als Übersetzer zu vergleichen, geht mir entschieden zu weit.

„So wie du Norwegisch ins Deutsche übersetzt, kann sie die Sprache der Geistwesen für mich übersetzen."

*****

Dieser Vergleich des Mediums mit einem Übersetzer hat mich am Ende neugierig gemacht. Außerdem kam mir Mutter so hilflos und gleichzeitig überaus nervös vor, dass es nicht richtig gewesen wäre, sie allein fahren zu lassen.

Also sitze ich jetzt am Steuer ihres Wagens und fahre von Chemnitz auf der Autobahn Richtung Süden.

Eine knappe Stunde später klingeln wir an einem ganz normalen Wohnhaus und werden in ein Zimmer gebeten, das mit seinen gelben Wänden und Sesseln hell und freundlich wirkt. Das überrascht mich, weil ich eine Art finstere Höhle mit schwarzen Tüchern und eine Frau in wallenden dunklen Gewändern erwartet habe. Doch die Medium-Frau trägt normale Alltagskleidung. Auf einem kleinen Tisch zwischen den Sesseln brennt eine Kerze, aber es liegen weder eine Glaskugel noch Karten bereit.

„Mein Name ist Katrin. Es ist einfacher, wenn wir uns duzen und beim Vornamen nennen. Ist das in Ordnung?"

Ich erkläre, dass ich nur meine Schwiegermutter begleite und selbst nicht interessiert bin. Doch Mutter packt mich am Arm und zerrt mich zum Sessel. Sie will nicht allein sein bei diesem für sie so wichtigen Gespräch.

„Ich bin die Ingrid und das ...", sie zeigt auf mich, „ist meine Schwiegertochter Eila."

Katrin nickt mir zu. Sie dürfte etwa in meinem Alter sein. Obwohl ich nichts von ihrer Arbeit als Medium halte, ist sie mir seltsamerweise sympathisch in ihrer angenehm ruhigen Art.

„Ich arbeite noch nicht lange als Medium und kann nicht garantieren, dass sich Hinübergegangene melden werden."

Das hätte ich mir denken können! Schon jetzt weist sie uns darauf hin, dass es nicht klappen wird, obwohl die Sitzung oder wie man das nennt, noch gar nicht angefangen hat. Hoffentlich hat Mutter bzw. Ingrid nicht schon im voraus bezahlt.

„Man kann Verstorbene nicht herbeirufen. Sie melden sich nur, wenn sie es möchten."

Das klingt nach einer billigen Ausrede, was mich ärgert. Ich rutsche unruhig auf meinem Sessel hin und her. Dabei fällt mir der Vergleich mit einem Übersetzer ein. Wenn Katrin keine Stimmen hört, kann sie auch keine übersetzen. Das scheint mir logisch und ich versuche, mich zu entspannen.

Katrin schließt ihre Augen und öffnet sie nach etwa zwei Minuten wieder.

„Ich sehe um euch herum mehrere Personen."

Ich verdrehe die Augen, weil sich hier im Raum definitiv außer uns drei Frauen keine weiteren Personen befinden.

„Ein älterer Herr mit schütterem Haar, etwa so groß wie du", sie schaut mich an, „drängt sich in den Vordergrund. Er tritt sehr dominant auf und spricht von großer Zuneigung. Ich glaube, er ist dein Vater."

Verärgert wiederhole ich: „Ich bin nicht interessiert. Ich begleite nur Ingrid."

Unbeirrt fährt Katrin fort: „Dieser Mann möchte unbedingt etwas sagen. Er ist bereits vor vielen Jahren verstorben, es können gut zehn Jahre sein. Er sagt, er hätte eine sehr enge Verbindung zu dir gehabt."

„Zu mir? Wieso zu mir?"

Meint sie wirklich meinen Vater? Er starb kurz vor Anjas Geburt, also tatsächlich vor zehn Jahren. Im gleichen Moment spüre ich eine gewaltige Hitze in meinem Bauch.

„Er ist sehr stolz auf dich und findet es gut, dass du deinen Weg gefunden hast und jetzt mit den Mädchen in Deutschland lebst."

Ich lächle und fühle mich plötzlich verstanden, denn Vater hat mir tatsächlich sehr oft gesagt, wie stolz er auf mich ist. Das war mir immer peinlich und doch hörte ich es immer wieder gern. Und er ermunterte mich, meinen eigenen Weg zu finden.

„Du hast drei Mädchen, nicht wahr?"

Jetzt habe ich dieses Medium überführt, denn das stimmt nun gar nicht.

„Nein", sage ich sehr bestimmt. „Ich habe zwei Töchter."

Katrin schaut mich freundlich an und wirkt nicht irritiert, obwohl ich sie soeben auf einen groben Fehler hingewiesen habe.

„Ich sehe einen Schmetterling. Ein Schmetterling symbolisiert eine Tot- oder Fehlgeburt. Und ich sehe den Buchstaben W."

W! Die Hitze in meinem Bauch breitet sich in meinem ganzen Körper aus. W wie Wilma. So sollte unser drittes Kind heißen, doch es kam tot zur Welt. Daran hatte ich seit Jahren nicht mehr gedacht, dieses furchtbare Ereignis einfach aus meinem Gedächtnis gestrichen. Kurz nach der Totgeburt eröffnete mir Björn, dass er zurück nach Norwegen geht. Nach Hause hat er gesagt, als ob das Haus, in dem er mit mir und den Mädchen lebte, nicht sein Zuhause wäre. Ich dachte damals, dass uns dieses tote Kind für immer verbinden, uns als Paar unbesiegbar machen würde. Doch das war falsch. Uns hat das tote Kind getrennt. Björn

konnte mich nicht trösten, weil er selbst untröst-
lich war. Er versteckte seine Trauer hinter Zorn
und Wut. Das ist mir soeben klar geworden und
ich fühle plötzlich eine nie dagewesene Zuneigung zu ihm, die mir die Tränen in die Augen
treibt. Es sind Freudentränen, Tränen der Ver-
gebung.

„Du liebst Schmetterlinge, nicht wahr? Ich sehe
in deinem Haus ganz viele."

Ich kann nichts sagen, nur nicken. Mir schnürt
es gerade die Kehle zu, denn ich habe wirklich
überall Schmetterlinge: aus Stoff an den Wänden und auf meinem Bildschirm, aus Glas auf
dem Schreibtisch und als bunte Magnete auf
dem Kühlschrank. Das konnte das Medium
nicht wissen.

„Und du liest sehr viel. Ich sehe viele Bücher
um dich herum."

Wieder nicke ich. In jedem Raum unseres Hau-
ses gibt es Bücher: in der Stube, in den Schlaf-,
Arbeits- und Kinderzimmern, in der Küche. Nur
im Bad gibt es keine. Auch das konnte das
Medium nicht wissen. Nicht jeder Mensch hat in
seiner Wohnung viele Bücher und Schmetterlinge.

Verstohlen schaue ich zu Ingrid, weil das
Medium nur zu mir spricht, obwohl ich gar nicht
hier sein wollte. Doch sie strahlt mich an, als
hätte sie eine wundervolle Botschaft erhalten.

„Und du, Ingrid, hast vier Kinder."

Mutter weint und antwortet nicht. Deshalb korrigiere ich: „Nein, es sind nur zwei. Sie hat zwei Söhne."

Ingrid schüttelt den Kopf und hält mir ihre Hand entgegen. Ich ergreife sie und streichle sanft über die Haut. Katrin zeigt auf eine Taschentuchbox, die direkt zwischen uns steht, und Ingrid greift dankbar zu.

Dann wendet sie sich mir zu und sagt leise: „Ich hatte noch zwei weitere Söhne. Der älteste lebte nur wenige Stunden, der andere starb mit drei Jahren bei einem Unfall."

Entsetzt schaue ich sie an. Davon hat sie nie zuvor erzählt. Auch Björn erwähnte keine weiteren Brüder. Weiß er nichts davon? Oder meinte er, ich muss das nicht wissen? Ingrid hat also ebenso wie ich ein totes Kind betrauert, sogar zwei. Ich weiß sehr genau, dass der Verlust eines Kindes kaum zu ertragen ist und empfinde für sie ein starkes Mitgefühl.

„Das tut mir so leid", flüstere ich ihr zu.

„Es ist gut", beruhigt sie mich. „Ich weine nur, weil sie nicht vergessen sind. Wenn Katrin sie erwähnt, werden sie ihr ein Zeichen gegeben haben. Das berührt mich mehr als ich es dir sagen kann."

„Ich sehe eine blonde Frau, die sich ganz im

Hintergrund hält, als ob sie nur still beobachten und nichts sagen will. Doch ich habe das Gefühl, dass du genau wegen dieser Frau hier bist." Das Medium schaut Ingrid an. „Sie ist erst vor kurzem hinübergegangen."

Ingrid nickt und bedeckt ihr Gesicht mit dem Taschentuch.

Dann sagt sie: „Meine Schwester. Ist meine Schwester hier? Ich habe sie nicht mehr sehen können, weil sie so weit weg wohnte. Am vorletzten Wochenende wäre ich zu ihr gefahren, weil sie ihren 60. Geburtstag ganz groß feiern wollte." Sie seufzt. „Doch dazu kam es nicht mehr."

Jetzt bin ich fassungslos. Wie ist das möglich? Dieses Medium kennt uns gar nicht und noch weniger unsere Geschichte. Und doch weiß es alles. Es gibt keinen Zweifel mehr, dass Katrin eine Verbindung zu unseren Verstorbenen hergestellt hat. Alles, was sie sagt, ist wahr.

Katrin lächelt Ingrid an.

„Deine Schwester spürt deine Liebe. Sie sagt, sie würde dich am liebsten ganz fest drücken, wenn sie könnte. Immer, wenn du an sie denkst, ist sie ganz nahe bei dir. Sie hat mehrfach versucht, mit dir in Kontakt zu treten."

„Ich weiß", sagt Ingrid. „Einmal habe ich sie gespürt und sogar gehört, doch ich dachte, ich sei verrückt. Ich wusste nicht, dass Tote gar nicht tot sind, sondern mit uns reden können."

„Sie bleiben immer mit denen verbunden, wo ein Liebesband besteht."

Liebesband klingt nach üblen Schmalz, doch in diesem Fall muss etwas Wahres dran sein, etwas, das so groß ist, dass ich es nicht fassen kann.

„Deine Schwester bittet dich, dir keine Sorgen um deinen Mann zu machen. Von den Verlusten, die er täglich spürt, erholt er sich, indem er ab und zu in eine Art Nebel taucht. Dann vergisst er eine Zeitlang seine Verzweiflung darüber, dass er kaum noch sprechen und Zusammenhänge erkennen kann."

„Aber was soll ich tun?", bricht es aus Ingrid heraus.

„Ihn lieben. Das reicht."

Diese Aufforderung empfinde ich als ein sehr passendes Schlusswort und schaue auf die Uhr. Wir sitzen tatsächlich seit einer Stunde hier, obwohl ich das Gefühl hatte, keine zehn Minuten seien vergangen.

*****

Während der Heimfahrt sprechen wir kein einziges Wort. Erst am Ortsschild *Chemnitz* sagen wir wie aus einem Munde: „Ist es nicht unglaublich, dass …"

Wir lachen gleichzeitig wie befreit. Nun haben wir ein gemeinsames Erlebnis, das mehr als nur ungewöhnlich ist. Ich überlege, mit wem ich wohl darüber sprechen kann. Meine Freunde werden mir nicht glauben, wenn ich von dem Medium berichte. Doch ich bin im Moment so glücklich, dass ich am liebsten der ganzen Welt erzählen möchte, was ich soeben erlebt habe.

„Hast du jemanden, dem du davon erzählen kannst?", frage ich.

„Ich habe eine Freundin, deren Sohn sich selbst getötet hat. Sie weiß nicht, weshalb er sich das Leben nahm und findet keine Ruhe. Ihr werde ich raten, das Medium aufzusuchen. Vielleicht wird es ihr helfen."

„Wohnt deine Freundin hier in der Nähe?"

Ingrid lacht.

„Nein, sie lebt nach wie vor in Norwegen."

„Sie wird vermutlich nicht für solch eine Sitzung hierher ins Erzgebirge reisen", gebe ich zu bedenken.

„Wir besuchen uns einmal im Jahr. Im letzten Jahr war ich bei ihr und in diesem kommt sie zu mir."

„Es freut mich, dass du noch Kontakt in die alte Heimat pflegst."

Ingrid seufzt.

„So schön wie früher ist es nicht mehr. Früher bekam ich viele Briefe. Ich riss sie nie sofort auf, sondern kochte mir zuerst einen Kaffee oder goss mir ein Glas Wein ein, setzte mich gemütlich in den Sessel, öffnete den Umschlag mit einem Brieföffner, nahm die Seiten heraus und begann in aller Ruhe zu lesen."

Ich nicke und weiß sofort, was sie meint. Auch ich liebe es, Briefe zu lesen. Doch ich brauche keine beschriebenen Blätter, eine Mail im Computer empfinde ich als ebenso erfreulich und vor allem äußerst praktisch. Meist antwortete ich noch am gleichen Tag, doch immer öfter warte ich wochen- und monatelang vergebens auf eine Antwort. Anfangs wartet man, dann versteht man das deutliche Zeichen der Ablehnung. Wenn schließlich doch noch ein Anruf oder Brief kommt, ist es oft zu spät. Man reagiert nur noch höflich distanziert. Vor allem, wenn es mehr als einmal so ablief.

Ich habe schon lange keine Briefe mehr bekommen. Heute stecken im Briefkasten nur Rechnungen, Werbung und Preisausschreiben. Doch keiner hat etwas zu verschenken, weshalb man immer zuerst etwas kaufen muss, um die angeblichen Gewinne zu erhalten.

Nicht einmal per Computer erhalte ich Briefe, meist nur Kurznachrichten aufs Handy. Das ist kein wirklicher Kontakt. Manchmal tut mir das weh, vor allem, wenn mir Björn solch eine Kurznachricht schickt. Dann will ich ihm einen

Brief schreiben, einen besonders langen. Ich weiß immer genau, was ich sagen und wie ich das formulieren will. Doch wenn ich am Computer sitze, fällt mir kein einziges meiner so wichtigen Worte ein.

Geschichte

„Während unserer Fahrt zurück nach Chemnitz ist mir eine Burg aufgefallen. Kann man die besichtigen?", frage ich Ingrid.

„Eine Burg? Ich kenne hier keine Burg. An der Mulde oder im Elbsandsteingebirge gibt es Burgen und wunderschöne Schlösser."

Ich meinte aber eine ganz bestimmte Burg, für die ich mich plötzlich interessiere. Warum, das weiß ich selbst nicht. Vielleicht ist mir klar geworden, dass ich nicht viel über die Geschichte von Chemnitz und Umgebung weiß.

Deshalb gebe ich im Internet *Burgen in Sachsen* ein und erfahre, dass nirgendwo Burgen und Schlösser so eng beieinander liegen wie in Sachsen. Das habe ich nicht gewusst, obwohl ich bereits viele Jahre hier lebe. Wie kommt das nur? Meist war ich mit dem Hund in den umliegenden Wäldern unterwegs, während die Mädchen nur ihren Tanz im Kopf hatten. Ausflüge zu alten Burgen interessieren sie nicht.

Und ich hatte bisher nicht das Bedürfnis, ganz allein das Land zu erkunden.

Doch keine der aufgeführten Burgen passt zu der, die ich von der Autobahn aus kurz gesehen habe. Sie scheint einfach nicht zu existieren, obwohl ich sicher bin, mich nicht geirrt zu haben. Mich reizt es, hinter dieses Geheimnis zu kommen und ich frage Nicole, Desiree und andere Bekannte. Doch keiner kennt diese Burg. So langsam glaube ich, dass ich mir die Burg nur einbilde, die ohnehin nur wenige Sekunden lang vom Auto aus zu sehen war.

*****

Trotzdem fahre ich am nächsten Tag einfach los und will diese geheimnisvolle Burg suchen und auch finden. Bereits nach etwa zwanzig Kilometern auf der Autobahn Richtung Süden sehe ich die Burg, nehme die nächste Abfahrt und gelange in den kleinen Ort Stollberg. Dort thront die Burg hoch oben auf einem Hügel. Ich kann sie nicht verfehlen und fahre direkt auf sie zu.

Ich stehe auf dem Parkplatz und betrachte ein riesiges, dunkelrotes Backsteingebäude, dessen Fenster vergittert sind. Das wundert mich, denn es macht keinen Sinn, Fenster zu vergittern, die sich so weit oben befinden. Etwas irritiert gehe ich durch das große Eingangstor. Mir kommt eine Gruppe schwatzender Kinder entgegen, die brav Hand in Hand in der Reihe gehen. Es sind recht kleine Kinder, vielleicht vier oder fünf Jahre alt. Eine zweite Gruppe größerer Schulkinder steht lärmend in einem Hof, der von allen vier Seiten von hohen Gebäuden begrenzt ist. Irgendwie wirkt das Ganze trotz der lachenden Kinder bedrohlich auf mich.

Phänomenia lese ich über dem Eingang. In der Halle sehe ich ein Hinweisschild für Toiletten und gehe sofort hinein. Das habe ich mir schon als Kind angewöhnt, denn meine Mutter sagte immer: „Mädchen, nutze die Gelegenheit! Du weißt nie, wann die nächste kommt."

Die Frau an der Kasse erklärt mir, dass sich die Ausstellung über zwei Etagen erstreckt und die Kinder hier aktiv forschen können zu Themen wie Wasser, Optik, Magnetismus, Mathematik und vieles mehr. Es gibt sogar eine Kinder-Uni. Das gefällt mir sofort.

„Doch warum sind die Fenster vergittert?", will ich wissen.

„Das war früher ein berüchtigtes Frauenzuchthaus. Leider finden zur Zeit keine Führungen statt wegen Umbauarbeiten."

Die Frau empfiehlt die Biografie einer ehemaligen Insassin, die wie so viele Frauen hier jahrelang eingesperrt war, weil sie die DDR verlassen wollten.

Ungläubig schaue ich sie an. Ich weiß, dass die DDR ein sozialistischer Staat war und kann mich noch genau an die Definition erinnern:

„Sozialismus befreit die Arbeiter aus Armut und Unterdrückung und schafft Gleichheit und Solidarität."

In solch einem Land sperrt man nicht Frauen ein, die das Land verlassen wollen. Ich nehme mir vor, daheim gründlich zu recherchieren, was es damit auf sich hat.

Denn immerhin lebe ich heute auf dem Gebiet der ehemaligen DDR und will mehr über ihre Geschichte erfahren. Ich kaufe das Buch, weil ich wahre Geschichten mag. Am liebsten lese ich Alltagsgeschichten, die meist sehr spannend sind, denn die Menschen gehen nicht nur zur Arbeit, sie lieben und trennen sich, werden krank und sterben. Eine Biografie ist ebenfalls Alltag, wobei ich über den Alltag in der DDR gar nichts weiß.

Daheim google ich *Burg Hoheneck.* Zuerst erscheinen Bilder über eine Burg bei Ipsheim, dann Gasthöfe und Fertighäuser mit dem Namen Hoheneck. Schließlich entdecke ich auf You-Tube Interviews mit Frauen, die genau auf dieser Burg Hoheneck eingesperrt waren. Es soll das berüchtigste und grauenhafteste Gefängnis gewesen sein, worin Schwerstkriminelle mit Frauen zusammgepfercht wurden, die nur einen Ausreiseantrag aus der DDR gestellt hatten. Die Frauen wirkten auf mich glaubhaft, doch ich ertrage ihre Geschichten keine fünf Minuten, weil sie so grauenhaft sind. Einigen wurden die Kinder weggenommen und zur Adoption freigegeben. Waren diese Grausamkeiten in einem sozialistischen Land möglich? Hat die Welt geschlafen und nichts davon bemerkt? Weiß Nicole davon? Oder Desiree? Björns Eltern? Ich werde sie fragen.

*****

Doch Nicole war zu DDR-Zeiten ein kleines Kind und hat noch niemals etwas von Hoheneck gehört.

Also frage ich Ingrid, aber auch sie weiß nichts davon.
„Es wird seinen Grund haben, wenn man jemanden verurteilt und einsperrt. Mit solchen Leuten habe ich kein Mitleid."
Sie glaubt nicht, dass man in der DDR Männer, Frauen und sogar Kinder einsperrte, die einfach nur aus dem Land heraus wollten.
„Und wenn schon! Es ist fünfzig Jahre her. Man

sollte die Vergangenheit ruhen lassen."

„Aber man darf nicht vergessen!", rege ich mich auf.

„Was genau darf man nicht vergessen?", fragt sie scharf zurück. „Was? Jeder Mensch hat seine eigene Vergangenheit und die meisten leiden unter Erinnerungen, die sie am liebsten vergessen möchten."

Mehr will Ingrid dazu nichts sagen.

Am Nachmittag besuche ich Desiree und treffe sie zum Glück allein an.

„Setz dich!", fordert sie etwas grob, als ich ihr sage, was ich von ihr wissen will. „Ich habe zu DDR-Zeiten nie etwas von Hoheneck gehört, obwohl ich nur wenige Kilometer davon aufge-wachsen bin."

Wie war es möglich, dass man Menschen weg-sperren konnte, ohne dass es auffiel?

„Aber die Burg ist weithin zu sehen? Hast du nicht gewusst, dass es ein Gefängnis ist?"

„Nein, das wusste ich nicht."

Ich glaube ihr nicht. Dafür ist die Burg zu groß.

„Und selbst, wenn ich es gewusst hätte, ich hätte nichts ändern können."

Auch das glaube ich ihr nicht.

„Ich habe mich nie für Politik interessiert. Das bringt nur Ärger, nichts als Ärger."

Darüber muss ich lachen, weil ich Politik nicht

mit Ärger gleichsetze.

„Hole uns bitte einen Sherry!"

Nachdem ich uns eingegossen und am Glas genippt habe, rückt sie sich zurecht und sagt: „Jetzt erzähle ich dir etwas, worüber man in der DDR niemals sprach, nicht sprechen durfte, weshalb niemand davon erfuhr, den es nicht selbst betraf."

Gespannt erwarte ich ihren Bericht.

„Meine Eltern waren beide noch Kinder während des zweiten Weltkrieges und konnten oder wollten mir nie etwas aus dieser Zeit erzählen. Meine Oma schien sich erst im Alter an all die grausigen Erlebnisse zu erinnern. Oder sie glaubte, ich sei nun alt genug, um all das Schreckliche zu verkraften. Doch ich war jung, wollte ausgehen, das Leben genießen, und hatte wenig Lust auf ihre Geschichten."

Ich sehe Desiree an, dass sie ihr damaliges Desinteresse bedauert.

„Einer meiner Großväter starb in russischer Gefangenschaft, der andere wurde als Kind mit seiner Familie aus Pommern vertrieben. Zwei jüngere Geschwister meiner Oma wurden nach Sibirien in einen Gulag verschleppt, wo sie vermutlich jämmerlich umkamen." Nach einer Pause spricht sie weiter: „Das alles habe ich erst kurz vor der Wende erfahren, weil uns in der Schule gelehrt wurde, dass die Russen uns von den Nazis befreiten. Das mag stimmen, doch in meiner Familie hat man unter dieser „Befreiung" gelitten."

„Das ist ja furchtbar!", rufe ich aus.

„Natürlich ist es furchtbar, doch muss man an das Furchtbare erinnern? Was können die Leute dafür, die nach dem Krieg oder nach der Wende geboren wurden und niemandem etwas getan haben? Die meisten haben schlimmer gelitten als sich die heutige Spaßgesellschaft vorstellen kann."

„Dann muss man ihnen davon erzählen!"

„Muss man das?"

Desiree hält mir ihr Glas hin, damit ich nachschenke.

„Wer bitte hat das Recht, ihnen diesen Spaß zu verbieten? Und wozu sollte das überhaupt gut sein?"

Ich bin der Meinung, dass die Menschen die Geschichte ihres Landes kennen sollten, die wahre Geschichte, auch wenn es keine gute Geschichte ist.

„Ich habe eine Geigerin kennengelernt, die zwei Jahre lang auf Hoheneck eingesperrt war", erzählt sie weiter.

Gespannt rücke ich nach vorn auf die Stuhlkante, weil ich keines ihrer Worte verpassen will.

„Sie kam mit einem kleinen Streichorchester aus Stuttgart nach Chemnitz. Nach dem Konzert saßen wir alle beisammen. Dabei kam ich mit dieser Frau ins Gespräch und erfuhr, dass sie aus Dresden stammt."

„Und wieso musste sie ins Gefängnis?"

„Mit ihrem Orchester spielte sie damals als ganz junge Frau einmal in Paris und sah sich dort zwischen unkomplizierten und fröhlichen Menschen, ganz anders, als sie es sich vorgestellt hatte."

Erstaunt schaue ich sie an, weil ich nicht weiß, worauf sie hinaus will.

„Uns wurde in der DDR weisgemacht, dass das Leben in einem kapitalistischen Land traurig und voller Angst vor dem Verlust der Arbeit ist, dass man sich keinen Arzt leisten kann und vieles mehr."

Dann hat man den Leuten in der DDR etwas Falsches erzählt. Ich begreife den Grund dafür nicht.

„Kurz nach diesem Gastspiel stellte ihr Bruder einen Ausreiseantrag."

„Er wollte seine Heimat verlassen? Warum?"

„Das weiß ich nicht. Sie sagte mir nur, dass sie, weil ihr Bruder in den Westen wollte, nie wieder ins Ausland reisen durfte, nicht einmal nach Polen. Irgendwann stellte sie selbst den Antrag auf Ausreise und verlor von einem Tag auf den anderen ihre Anstellung im Orchester."

„Warum?"

„Warum, warum? Darum! Sie war nicht mehr tragbar."

Nicht mehr tragbar zum Musizieren? Das verstehe ich nicht.

„Und deshalb kam sie ins Gefängnis?"

Desiree nickt.

„Sie hatte zwei Jahre lang furchtbare Angst, weil die Zeit auf Hoheneck so schrecklich war und vor allem Angst um ihre Finger, die sie sich bei der harten Arbeit ruinierte. Sie war schließlich Musikerin und wollte irgendwann wieder Geige spielen."

„Erzähle weiter!", bitte ich.

„Da gibt es nichts mehr zu erzählen."

Schade. Ich hätte so gern gewusst, wie sie aus dem Gefängnis und nach Stuttgart kam.

Ich sage, dass ich gern dieses Gefängnis besichtigen möchte, es jedoch zur Zeit umgebaut wird.

„Viel sehen wirst du nicht. Dort gibt es nur leere Räume, sonst nichts. Jeder muss seine eigene Fantasie bemühen und sich selbst vorstellen, wie die Frauen dort eingepfercht waren." Sie nickt mir zu und tippt sich an den Kopf. „Was nicht längst in deinem Kopf ist, das siehst du auch nicht."

Das verstehe ich jetzt nicht und schaue sie

fragend an.

„Das ist ein berühmtes Zitat von Goethe. Ich glaube, es heißt: Man erblickt nur, was man schon weiß und versteht."

Uns fallen also nur die Dinge auf, über die wir ein Hintergrundwissen besitzen. Das bedeutet, ich sollte erst das Buch lesen, bevor ich eine Besichtigung in Hoheneck plane.

Virus

Ich habe mich zu einem Tanzkurs angemeldet, bei dem man keinen Partner braucht. Es ist eine Mischung aus rhythmischer Gymnastik, Volkstanz und Ballett – natürlich alles zu Musik. Eigentlich hatte ich gehofft, Nicole würde mitgehen, doch sie hat keine Freude am Tanz. Vielleicht lerne ich im Kurs eine nette Frau kennen und freunde mich mit ihr an.

Trainingszeiten sind immer donnerstags elf Uhr. Danach kann ich in der Stadt zu Mittag essen, Einkäufe erledigen oder einfach durch die Geschäfte bummeln. Zuerst werde ich mir Tanzschuhe und passende Kleidung kaufen.

Meine Töchter werden staunen, wenn ich ihnen die Sachen zeige und erzähle, dass ich nicht mehr nur bei ihrem Tanz zuschauen, sondern selbst tanzen will.

*****

Ingrid klingelt an meiner Tür. Energisch schiebt sie mich beiseite und geht sofort ins Haus.

„Ich muss dir dringend etwas erzählen!", sagt sie.

„Ist etwas passiert?", erkundige ich mich.

„Nein. Ja."

Was denn nun? Sie scheint völlig durcheinander und wedelt heftig mit ihren Armen.

„Stell dir vor, mein Arzt sitzt auf der AIDA fest. Auf diesem Schiff, du weißt schon."

Sie meint wohl die bekannte Reederei, die mehrere Kreuzfahrtschiffe betreibt. Innerlich muss ich schmunzeln, weil sich Ingrid plötzlich für den Urlaub ihres Hausarztes interessiert.

„Setz dich erst einmal! Ich mache uns einen Kaffee und du kannst in Ruhe erzählen."

Doch sie bleibt neben mir stehen und berichtet aufgeregt: „In der Praxis ist kein Arzt, nur die Schwestern."

„Und du hattest einen Termin?"

Ingrid seufzt.

„Nein, ich wollte nur ein Rezept für Uwes Medikamente."

„Und das hast du nicht bekommen?"

Sie fährt aufgebracht mit der Hand durch die Luft.

178

„Nun lass mich doch mal ausreden!"

„Setz dich!", fordere ich sie noch einmal auf und zeige auf den Stuhl, den sie sofort ergreift. Als sie die Tasse an den Mund führt, verschüttet sie vor Aufregung den Kaffee.

„Ein Mann hat mir erzählt, dass das Schiff, auf dem der Arzt und seine Frau Urlaub machen, nicht in den Hafen darf."

So etwas habe ich überhaupt noch nie gehört und frage, von welchem Hafen sie spricht und weshalb das Schiff nicht einlaufen darf. Doch Ingrid schaut mich mahnend an. Also halte ich mir demonstrativ mit beiden Händen den Mund zu, um ihr zu zeigen, dass über meine Lippen kein Wort mehr kommt. Doch sie lacht nicht.

Sie erzählt aufgeregt, dass es in China einen gefährlichen Virus gibt. Deshalb lassen sie in ganz Asien niemanden von Bord. Ihr Hausarzt wollte von Singapur nach Hause fliegen, doch er durfte das Schiff nicht verlassen. Schon in Korea durfte keiner an Land. Jetzt sitzen sie in einer vietnamesischen Bucht fest und wissen nicht, wann sie nach Hause und an ihre Arbeit können. Niemand darf von Bord und keiner darf zusteigen.

China, Singapur, Korea und Vietnam – gleich vier Länder! Ich kann mir keinen Reim darauf machen und mir auch nicht vorstellen, dass man wegen eines Virus ein Schiff mit vielleicht drei- oder gar fünftausend Passagieren nicht im Hafen anlegen lässt. Ingrids Arzt muss zu seinen Patienten. Vielleicht brauchen sie ihn vor Ort, wenn plötzlich so viele Menschen krank werden? Doch was soll das für eine seltsame Krankheit sein?

Nachdem Ingrid gegangen ist, tippe ich in meinen Computer *Virus China* ein und lese, dass man eine riesige Stadt von elf Millionen Menschen in China komplett abgeriegelt hat. Sie dürfen den Ort nicht mehr verlassen und Besucher nicht mehr hinein. Eine Stadt komplett abzuriegeln funktioniert sicher nur in China. Über dieses Land erfährt man nicht viel, doch es soll noch immer Arbeitslager geben.
Im Artikel heißt es:
In der abgeriegelten Millionenstadt Wuhan steht das öffentliche Leben still. Dort sitzen viele Chinesen auf Anordnung in ihren Wohnungen fest. Die Zahl der Infizierten stieg bis Samstag auf knapp 12.000, bislang starben 259 Menschen an der Atemwegserkrankung. Es gibt keine Flüge mehr nach China, die Bundeswehr fliegt Deutsche aus.

12.000 Menschen erkranken auf einmal gleichzeitig? Das klingt tatsächlich sehr gefährlich. Ich hoffe, dass sich der Arzt und seine

Frau nicht anstecken und bald nach Hause dürfen. Was wird aus den anderen Urlaubern? Und was wird aus der Wirtschaft? In China wird viel produziert, was hierzulande gebraucht wird.

Aber das sind nicht meine Probleme. Ich weiß, dass ich mir immer zu viele Gedanken mache über Dinge, die mich nichts angehen und die ich ohnehin nicht ändern kann. Es kommt wie es kommt – auch ohne mein Zutun.

*****

Heute habe ich ein Paket für meinen Nachbarn Florian angenommen. Eigentlich wollte ich ihm die Lieferung erst am Abend bringen, weil er immer sehr lange in seiner Gärtnerei arbeitet. Doch jetzt sehe ich ihn im Garten mit seinem Hund spielen. Also gehe ich zu ihm hinüber.

„Warum bist du daheim? Bist du krank?"

Er lächelt gequält.

„Eigentlich nicht, ich bin in Quarantäne."

Ich zucke mit der Schulter, weil ich seine Antwort nicht begreife.

„Ich war in Rom!"

Ich begreife immer noch nicht.

„Corona!"

Das klingt wie ein Geheimcode und sagt mir gar nichts. Deshalb hebe ich meine Arme und zucke noch einmal mit der Schulter.

„Sag bloß, du hast von der ganzen Krise um diesen Virus nichts mitbekommen!", ereifert er sich.

Ich schaue seit Jahren keine Nachrichten mehr und recherchiere im Internet nur, was ich für meine Übersetzung und meine Töchter wissen muss.

Doch bei dem Wort Virus fällt mir ein, was ich erst kürzlich über China las.

„Das Gesundheitsamt hat mich für vierzehn Tage in Quarantäne gesetzt, weil ich in Italien war. Dort gibt es bereits viele Erkrankte."

Ich weiß nicht, was ich sagen soll. Mir scheint es recht unwahrscheinlich, dass man nach einem Italien-Urlaub Hausarrest bekommt. Zwei Wochen sind schrecklich lang.

„Ich muss im Haus bleiben und darf keinen Besuch empfangen, nicht einmal meine Eltern."

Bedauernd hebt er die Schultern.

„Eigentlich wollten meine Eltern morgen in den Schiurlaub fahren, doch gestern mussten sämtliche Hotels und Lifte schließen."

„Wie meinst du das: mussten schließen?"

„Auf Anordnung der Regierung dürfen Hotels, Gasthäuser, Bars usw. nicht mehr arbeiten."

Macht er dumme Witze? Wie soll das gutgehen, wenn Hotels geschlossen werden, noch dazu in der Hauptsaison. Sie werden pleite gehen und mittellos dastehen, wenn sie keine Einnahmen haben und Vorauszahlungen rückerstatten müssen. Mir tun auch die Menschen leid, die sich seit Wochen und Monaten auf ihren Urlaub freuen und nun daheim bleiben müssen.

„Und was wird aus deiner Gärtnerei?"

„Das Pech meiner Eltern ist mein Glück. Nun haben sie Zeit, meine Pflanzen zu gießen und mit dem Hund spazieren zu gehen. Sie schneiden Blumen ab und bringen sie mir, damit ich sie binden kann. Dann fahren sie die bestellten Gestecke zu den Friedhöfen. Bis vor meinen Urlaub habe ich auch das Finanzamt beliefert, doch den Auftrag haben sie storniert, weil sie keinen Publikumsverkehr mehr haben."

„Das Amt ist geschlossen?", frage ich entsetzt.

Vermutlich müssen die Firmen trotzdem ihre Steuern pünktlich zahlen, auch wenn sie wie Florian Aufträge verlieren.

„Die Gestecke für Ämter und Hotels waren meine beste und sicherste Einnahme. Ich habe leider schon die ersten Stornierungen für Brautsträuße", erzählt Florian traurig.

Das tut mir aufrichtig leid und ich frage, ob ich irgend etwas für ihn tun kann.

„Vielen Dank, doch im Moment brauche ich keine Hilfe. Meine Eltern kaufen für mich ein. Im Grunde bin ich noch gut dran, denn mir geht es viel besser als meiner Schwester."

Gespannt schaue ich ihn an und warte, ob er Genaueres erzählt.

„Sie hat ein Nagelstudio, was sie wegen des Virus schließen musste. Ihr Mann ist Musiker. Sämtliche Auftritte sind abgesagt. Das heißt: Beide haben keine Aufträge mehr und essen ihr Erspartes auf."

Ich bin derart fassungslos, dass mir die Worte fehlen. Schließlich frage ich, wie lange diese Situation dauern wird, doch Florian zuckt nur mit der Schulter.

Ich übergebe ihm das Päckchen. Er nimmt es und lacht dabei.

„Gestern bekam ich ebenfalls ein Paket. Als es mir die Postfrau reichte, musste ich niesen."

Wieder lacht er, während ich nicht begreife, was daran so lustig ist.

„Sie ließ augenblicklich das Paket auf die Erde fallen, sprang wie vom Teufel besessen in ihr Auto und fuhr davon."

„Aber warum?"

„Sie hat geglaubt, ich bin von Corona infiziert."

Ich lache ebenfalls und frage: „Weil du geniest hast?"

Florian nickt und lacht weiter.

„Woran erkennt man die Krankheit?", frage ich.

„Jedenfalls nicht am Niesen."

Ganz sicher würde ich nicht weglaufen, falls das Niesen eine Krankheit anzeigt, die vielleicht schlimmer ist als ein gewöhnlicher Schnupfen.

„Die Geschichte geht noch weiter!", sagt Florian und lacht wieder. „Eine halbe Stunde später rief mein Arzt an. Er klang sehr besorgt, weil ich seiner Information nach Anzeichen von Corona aufweise."

„Wie kommt er darauf?"

„Die Postfrau hat ihn informiert, dass ich an dem Virus erkrankt sei."

„Sie hat dich angezeigt?", frage ich empört.

„Sie hat es sicher nur gut gemeint. Jedenfalls hat er mich gefragt, ob ich huste und Fieber habe. Doch ich habe weder Fieber noch Husten, nur schrecklich starken Schnupfen und tränende Augen wegen einer Pollenallergie. Der Pollenflug ist in diesem Jahr ungewöhnlich früh."

Der ganze Winter war extrem mild, Schnee gab es gar keinen, was ich sehr bedaure, denn ich mag Schnee sehr gern.

Natürlich freut es mich, dass Florian nur eine Allergie hat und keine gefährliche Krankheit, doch dass ihn die Postfrau beim Arzt meldete, freut mich ganz und gar nicht. Was sind die Deutschen doch für seltsame Menschen?

*****

Daheim befrage ich noch einmal das Internet nach diesem seltsamen Virus und woran man ihn erkennt.

Ich lese, dass es seit Jahren bekannt ist und bei sämtlichen Erkältungen auftritt, aber nur für jene gefährlich werden kann, die durch eine schwere Krankheit bereits stark geschwächt sind.

Das beruhigt mich sofort, denn nun muss ich mir um mich und meine Kinder keine Sorgen machen.

Das Virus überträgt sich über die Atmung, weshalb man Kontakte meiden und einen Sicherheitsabstand von eineinhalb Metern einhalten soll. Das stelle ich mir hier in der Stadt ziemlich schwierig vor, vor allem in Stadtteilen, wo die Menschen in Hochhäusern dicht beieinander wohnen. Man soll seine Wohnung nur noch zu Lebensmitteleinkäufen verlassen.

Das wundert mich, denn frische Luft ist für jeden gesund, auch für Kranke, gesünder, als im Bett zu liegen und Trübsal zu blasen.

In anderen Artikeln wird der Pharmaindustrie Falschmeldungen vorgeworfen. Was auch immer die Ursache dafür sein mag, die ganze Welt in Angst und Schrecken zu versetzen, die Wirtschaft und das soziale Leben lahmzulegen empfinde ich als grausam. Das wird sich früher oder später bitter rächen.

*****

„Geil!", jubelt Emma und fällt mir um den Hals.

„Geil ist jemand, der sexuell erregt ist", korrigiere ich sie.

„Mama! Geil ist einfach wunderbar, etwas Schönes eben! Zu deiner Zeit hat man vielleicht herrlich gesagt, ich sage geil."

Sie wirft sich mit Schwung aufs Sofa und fragt, was es zu essen gibt.

„Nichts! Nichts gibt es. Mach dir eine Schnitte, wenn du Hunger hast."

„Kannst du nicht Pizza bestellen?"

„Können kann ich, doch wollen will ich nicht."

„Menno!"

„Ich konnte nicht wissen, dass du so früh aus der Schule kommst. Wir könnten heute Abend Spaghetti kochen mit Spinat und Thunfisch."

„Geil!"

Strafend schaue ich Emma an, doch sie lacht nur.

„Ab morgen bin ich ganz daheim und das ist obergeil. Die Schule ist zu und zwar bis nach Ostern, vielleicht sogar länger."

Natürlich glaube ich ihr das nicht. Emma macht gern alberne Witze. Jetzt springt sie übermütig hin und her.

„Eigentlich brauche ich jetzt nichts zu essen,

weil ich gleich meine Freundinnen im Eiscafé treffe."

Erleichtert seufze ich. Emma bringt immer viel Unruhe ins Haus. Da kann ich mich nicht auf meine Übersetzungen konzentrieren.

*****

Kaum ist Emma aus dem Haus, kommt Nicole durch die Tür. Sie ist wie immer etwas übertrieben geschminkt, was sie älter wirken lässt. Mit Make-up sollte sie sparsamer umgehen, damit es so aussieht, als wäre es natürlich.

„Die Boutique ist zu", jammert sie. „Und alles wegen dem blöden Virus."

Innerlich denke ich, dass das Wörtchen *wegen* den Genitiv fordert. Es heißt also: wegen *des* Virus.

Doch laut frage ich: „Ist das so schlimm?"

„Mir geht es nicht um die paar Kröten, die ich dafür bekomme. Das wirklich Schlimme ist, dass ich auch sonst nirgends einkaufen kann."

Verständnislos schaue ich Nicole an.

„Weißt du nicht, dass sämtliche Läden geschlossen sind? Keine Kleider, keine Schuhe, keine Taschen, kein Friseur! Nur Supermärkte und Apotheken dürfen geöffnet haben, nicht einmal Cafés. Was soll ich also in der Stadt? Da kann ich gleich daheim bleiben und mich einmotten lassen."

Nun muss ich lachen.

„Lach nicht!", faucht sie mich an. „Du kannst überhaupt nicht mitreden und weißt nicht, wie furchtbar das für mich ist. Du gehst ja nicht vor die Tür, nur in den Wald."

Seit Max nicht mehr lebt, war ich überhaupt nicht mehr im Wald, obwohl ich nirgendwo so entspannt bin wie in der Natur. Im Wald atme ich sogar anders. Doch Nicole hat Recht: Ich gehe nur aus dem Haus, um Lebensmittel zu kaufen oder Tanzkleidung für die Mädchen.

Deshalb habe ich seit Tagen weder Desiree noch Florian noch sonst einen Nachbarn getroffen. Vielleicht wird das anders, wenn es wärmer wird. Dann kann ich im Garten Blumen pflanzen, den Leuten zuwinken und meinen Laptop mit hinaus in die Sonne nehmen. Denn an meinen Übersetzungen arbeiten muss ich auch bei schönem Wetter.

„Wie du wieder rumläufst!", kritisiert Nicole und zeigt auf meinen Schlabberpulli.

„Ich brauche es bequem."

„Bequem", blafft sie verächtlich. „Kein Mensch kauft Kleidung, weil sie bequem ist."

Ich schon. Erst recht, wenn ich daheim bin oder spazieren gehe. Auch meine Festkleider zu Ballettaufführungen muss bequem sitzen und darf nicht einengen.

„Du trägst immer Blau. Das ist schon lange nicht mehr modern und Streublümchen schon gar nicht."

„Ich mag aber am liebsten Blau und finde kleine Blumen hübsch."

„Ich habe dir schon hundertmal gesagt, du sollst zu mir in die Boutique kommen, damit ich dich ordentlich einkleiden kann."

Das stimmt. Doch erstens ist ihr Laden geschlossen, zweitens ist mir die aktuelle Mode gleichgültig und drittens habe ich meinen eigenen Stil, der zu mir passt.

„Frage einfach eine Fachkraft, wenn du keine Ahnung hast!"

Offenbar will oder kann Nicole mich nicht verstehen. Ich trage ausschließlich das, was mir gefällt und nicht das, was ich ihrer Meinung nach tragen sollte.

„Ich gehe jetzt in die Kirche und du kommst mit!", bestimmt sie.

Sofort denke ich an meine Schwester und ihr Kloster mitten im Meer. Kirchen sind mir nicht geheuer, sie wirken bedrückend auf mich.

„Gehörst du einem Glauben an?", frage ich.

„Spinnst du?"

Nicole verzieht ihren Mund.

„Doch es kann nicht schaden, sich bei dem da

oben", sie zeigt Richtung Decke, „beliebt zu machen."

Ein Glaube ist Kultur und kein Spaß, den man bei Bedarf hervorkramt oder Weihnachten und Ostern zelebriert.

Immerhin stimmt es, dass ich nur daheim sitze und nicht mehr vor die Tür komme. Deshalb willige ich ein, Nicole zu begleiten.

Wenige hundert Meter von unserer Straße entfernt befindet sich eine Kirche. Chemnitz hat achtundzwanzig Kirchen, in Bergen gibt es kaum zehn, die noch dazu bei weitem nicht so groß sind wie die Kirchen hier in der Stadt.

Ich war nur ein einziges Mal in einer Kirche, als Emmas Freundin in einem Gospelchor ein Solo sang. Das Mädchen lobte mit ihrer klaren Stimme die Liebe Gottes und der Chor folgte ihr jammernd, was in dem hohen Raum widerhallte. Die Leute lauschten übertrieben andächtig, während mir die düstere Stimmung die Brust einschnürte.

Es war sehr dunkel in der Kirche. Ich fürchte mich nicht im Dunklen, doch in diesem Moment hatte ich das ungute Gefühl, dass etwas Geheimes vor mir verborgen bleiben sollte. Mir sind Geheimnisse zuwider.

Ich saß in der Nähe der Wand und bemerkte in den Nischen geschmacklose Statuen, aus deren Körpern Blut floss. Ich kann solch abscheulich gemalte Wunden nicht ertragen. Offenbar lieben die Menschen die Grausamkeit, weshalb sie derartige Figuren fertigen, aufstellen und sich immer wieder ansehen.

Daheim wollte ich etwas über diese Kirche und deren Geschichte nachlesen, weil ich mir das Recherchieren angewöhnt habe und jeden neuen Begriff und jede Information überprüfe. Ich fand im Internet sogar eine eigene Seite mit einem schönen Foto der Kirche. „Ich glaube; hilf meinem Unglauben!" stand in großen Buchstaben als Leitmotiv über dem Text. Wenn ich glaube, soll meinem Unglauben geholfen werden? Das begreife ich nicht, weil es so unlogisch ist. Leider wurde es nicht näher erklärt, es gab auch nichts über die Geschichte der Kirche zu lesen, nur Informationen über neue Pfarrer und eine Liste mit Terminen für Gebetsversammlungen.

Vielleicht zweifeln im Moment viele Menschen an der Liebe Gottes, da es so viel Elend auf der Welt gibt und jetzt kommt dieser seltsame Virus dazu. Doch vielleicht beten sie noch mehr als früher und lieben ihren Gott weiterhin. Nun - der Mensch hat Gott nach seinem Bild geschaffen, weshalb es wohl logisch ist, dass er ihn liebt.

Nicole rüttelt an der hohen Kirchentür. Sie ist

abgeschlossen. Ich finde es nicht gut, wenn Kirchen die Gläubigen aussperren und nur zu bestimmten Zeiten einlassen. Verärgert wende ich mich ab und gehe einige Schritte beiseite. Dabei entdecke ich im nahen Schaukasten einen Zettel. Darauf steht, dass es wegen des Virus zur Zeit keine Gottesdienste gibt und das Pfarramt sowie die Friedhofsverwaltung bis Ende April geschlossen sind. Sechs lange Wochen! Zu Beerdigungen werden nur zehn namentlich benannte Trauernde zugelassen.

Ich denke an Vaters Trauerfeier. Mehr als hundert Leute gaben ihm das letzte Geleit, hörten der Abschiedsrede zu und begleiteten in langen Reihen die Urne bis zum Grab. Danach gab es das ultimative Begräbnisbier für alle.

Wie trauern die Deutschen eigentlich? Ich habe bis jetzt noch keine Beerdigung erlebt. Also werde ich wieder einmal das Internet befragen oder gleich Nicole.

Ich erzähle ihr, dass die Kirche bis vorerst Ende April geschlossen bleibt und es so lange keine Veranstaltungen gibt.

Wütend schreit sie: „Aber ich will zu keiner Veranstaltung! Ich will nur hinein, mich in eine Bank setzen und ...“

Sie spricht nicht weiter. Was will sie? Beten, obwohl sie mich vorhin auslachte, als ich nach ihrem Glauben fragte? Glaubt sie, ich lache, wenn sie kirchlichen Beistand braucht? Dann denkt sie falsch, denn ich maße mir nicht an, den Leuten zu sagen, was sie glauben sollen und was nicht. Sie werden ihre Gründe haben, die ich nicht verstehen, sondern nur akzeptieren muss.

Gleichzeitig überlege ich, ob es heißt, dass man sich *in* oder *auf* eine Bank setzt. Vielleicht geht beides? Deutsch ist eine sehr schwierige Sprache, die ich noch immer nicht korrekt beherrsche, obwohl ich sie seit so vielen Jahren spreche und schreibe.

„Geh!", fährt sie mich an. „Lass mich in Ruhe! Ich will allein sein."

Ich umarme sie, doch ich merke, wie sich ihr Körper versteift. Also lasse ich sie stehen und gehe allein nach Hause.

*****

Das Haus ist nicht abgesperrt. Hatte ich das Zuschließen in der Eile vergessen? Mitten im Flur liegt Emmas Sporttasche. Sie ist also daheim. Leise klopfe ich an ihre Zimmertür und gehe hinein, obwohl ich kein „Herein!" höre.

Emma liegt auf dem Bett und weint.

„Was ist denn passiert?", frage ich und setze mich zu ihr.

Sie richtet sich auf, schlingt ihre Arme um meinen Hals und erzählt schluchzend: „Alle unsere Auftritte fallen aus und ab morgen sogar unser Training. Das ist so furchtbar! Ich bin schrecklich unglücklich."

Sanft schaukle ich sie hin und her, bis sie sich beruhigt.

„Was soll ich denn jetzt machen?", fragt sie verzweifelt.

„Geh mit deinen Freundinnen ins Kino!", schlage ich vor. „Oder ein Eis essen."

Emma lacht gepresst und weint gleichzeitig.

„Checkst du denn gar nichts? Das Kino ist geschlossen, genau wie die Eisbar."

Kino gehört wie Theater zur Kultur. Wer darf das verbieten? Richtig schlimm ist, dass Emmas Training ausfällt. Das Üben allein in der Wohnung scheint mir unvorstellbar, undurchführbar. Emma ist es gewöhnt, täglich zu trainieren. Hinzu kommt, dass Tanzen gesund, glücklich und sogar intelligent macht. Das ist wissenschaftlich erwiesen.

„Eis gibt's nur im Supermarkt", jammert sie.

„Soll ich es draußen auf der Straße essen?"

Emma verzieht ihr Gesicht. „Es ist März! Man kann sich nirgendwo hinsetzen, weil es viel zu kalt ist."

Mir fällt nichts ein, womit ich sie trösten kann. Sie lässt sich zurück auf ihre Kissen fallen, greift nach ihrem Smartphone und daddelt darauf herum.

Ich mag diese Dinger nicht, weil sie meiner Meinung nach für Kinder gefährlich sind. Doch Björn hält sie für notwendig im Alltag und hat beiden Mädchen zu Weihnachten solch ein Handy geschenkt. Ich muss inzwischen zugeben, dass es angenehm ist, Emma und auch Anja jederzeit erreichen zu können. Doch das schlechte Gewissen ist mir geblieben.

*****

Auf sämtlichen Fernsehsendern laufen rund um die Uhr Informationen über den neuen Virus. Es gibt schon erschreckend viele Todesfälle, was mich sehr beunruhigt. Nun bin ich froh, dass das Kino und die Tanzschule geschlossen sind. Auch im Internet finde ich viele Interviews mit Virologen, Ärzten und anderen Experten, doch nicht alle stimmen mit der öffentlichen Meinung überein. Einige sagen, dass das Virus nicht gefährlich ist, nur für solche mit bestimmten Vorerkrankungen. Ein Arzt behauptet sogar, dass die Toten zu Tode behandelt wurden. Er sagt: „Wenn ein Arzt übertherapiert, hat er alles richtig gemacht – auch, wenn der Patient stirbt. Macht er aber nichts und der Patient stirbt, bekommt er ein Problem. Ebenso Politiker. Tun sie nichts, sind sie ihren Stuhl los, tun sie zu viel, werden sie gelobt, weil sie eine Epidemie, die es nie gab, mit sozialen und wirtschaftlichen Einschränkungen stoppten."

Was soll ich glauben? Ich bin mir nicht mehr sicher, was ich denken muss, was stimmt und was nicht. Mir ist die Gesundheit meiner Töchter wichtiger ist als sonst irgend etwas auf der Welt. Also halte ich mich an die Vorgaben und versuche, nicht weiter darüber nachzudenken.

Wer sich zu viele Gedanken macht, wird trübsinnig; wer sich zu wenige Gedanken macht, wird leichtsinnig. Das viele Grübeln bringt wirklich nichts. Ich werde tun, was getan werden muss.

*****

„Die muss doch blöd sein!", schimpft Emma.

„Wen meinst du?"

„Die blöde Mutter meiner besten Freundin. Die will mich nicht mehr ins Haus lassen und erlaubt auch nicht, dass wir uns draußen treffen. Sogar die Geburtstagsparty hat sie verboten."

Das tut mir leid. Tröstend schlinge ich meinen Arm um ihre Schulter. Ich würde es nicht übers Herz bringen, meiner Tochter die Geburtstagsfeier zu verbieten.

Emma schmollt. Sie sitzt abends stundenlang an ihrem Computer. Ich hoffe, dass sie nicht auf

Seiten landet, die zum Beispiel die Magersucht verherrlichen, denn sie hält sich für viel zu dick, während sie für mich eher zu dünn ist. Sie ist so groß wie ich, wiegt aber kaum fünfundvierzig Kilogramm. Vielleicht sollte ich doch dem Rat eines Lehrers folgen und einen Jugendschutzfilter installieren lassen. Eigentlich mag ich derartige Bevormundungen nicht, weil es am Ende die Entwicklung der Kinder behindert und sie ohnehin einen Weg finden, sich zu informieren.

„Was machst du da?", frage ich trotzdem und versuche, dabei so locker und gleichmütig wie möglich zu klingen.

„Ich mache nur blöden Mist für die Schule. Alles kotzlangweilig!"

„Deine groben Ausdrücke gefallen mir nicht", tadle ich.

„Kotzlangweiliges muss ich kotzlangweilig nennen!"

Ich erfahre, dass die Übungsaufgaben nur bereits Bekanntes vertiefen sollen. Das macht ihr keine Freude, zumal sie allein daran sitzt. Sie vermisst ihre Freundinnen und vor allem das Tanzen.

Mir tut es weh, wenn ich sie so unglücklich sehe, weil sie sich mit niemandem verabreden kann. Meist läuft sie nach draußen und hofft wohl, jemanden zufällig zu treffen. Dann bin ich froh, denn frische Luft ist auf jeden Fall besser für uns beide, als wenn sie ihre schlechte Laune an mir auslässt, obwohl ich nichts für diese Situation kann, sondern selbst darunter leide.

„Wenn wenigstens Max noch leben würde!", beklagt sie sich. „Mit ihm könnte ich in den Wald gehen. So allein ist es kotzlangweilig."

Dann geht sie hinaus und wirft mit Schwung die Tür hinter sich zu.

*****

Die Wohnungstür fällt krachend ins Schloss, als sie wieder ins Haus kommt.

„Emma!", rufe ich mahnend.

Ihre Wutanfälle und das Türenschlagen erinnern mich an Björn. Ihre unguten Gefühle lässt sie ebenso wie ihr Vater an mir aus. Das gefällt mir nicht.

„Das hast du nun davon!", schreit sie mich an.

„Wovon sprichst du?"

„Ihr Erwachsenen seid so doof! Bescheuert!"

„Ich weiß noch immer nicht, wovon du sprichst und erwarte einen anderen Ton von dir."

Emma dreht sich um, streift ihre Schuhe derart heftig von den Füßen, dass sie gegen die Wand fliegen. Dann trampelt sie die Treppen hinauf, wobei sie absichtlich laut auf jeder einzelnen Stufe aufstampft.

Dieser unnütze Lärm ärgert mich ebenso wie ihr respektloser Ton mir gegenüber. In letzter Zeit ist sie derart launisch, dass ich meine sonst so freundliche Tochter nicht mehr wiedererkenne.

Es hat keinen Zweck, ihr nachzulaufen und sie auszufragen. Sie hat sich vermutlich sowieso eingeschlossen. Das macht sie neuerdings, angeblich, um ihren Privatbereich zu schützen.

*****

Kurz nach ihrem Geburtstag fing sie an, sich zu verändern, auch äußerlich. Sie merkte, dass ihre Hüften breiter wurden und sich kleine Brüste bildeten. Darüber hat sie sich furchtbar aufgeregt, denn sie will unbedingt schlank bleiben. Dabei ist sie schlank, fast dünn. Um mir zu beweisen, wie fett sie geworden ist, quetschte sie sich in ihre Tanzkleidung, aus der sie innerhalb der letzten zwei Monate herausgewachsen war. Auch ihre normalen Shirts mag sie nicht mehr. Alles ist ihr zu klein, zu eng, zu peinlich. Sie forderte recht dreist Geld von mir für neue Kleidung. Als ich sie an das hohe Taschengeld ihres Vaters erinnerte, trat sie wütend gegen den Flurspiegel, der dabei leider zu Bruch ging. Sie fand recht schnell eine Lösung, indem sie in online-shops auf meinen Namen bestellte. Natürlich zwang ich sie, alles zurückzuschicken und mich künftig *vorher* zu fragen. Seitdem ist unser bisher so angenehmes Verhältnis gestört und ich weiß mir keinen Rat gegen ihre zornigen Ausbrüche.

Nicole hat damals nur gelacht und gesagt, es käme noch schlimmer und sei nur der Anfang der typisch weiblichen Pubertät.

Vielleicht hat sie Recht. Doch ich kann mich nicht erinnern, mich als Dreizehnjährige derart mutwillig aufgeführt zu haben. Damals bin ich wohl eher meiner Mutter aus dem Weg gegangen als mit ihr zu streiten.

*****

Am Abend erfahre ich den wahren Grund für Emmas Zorn:

Sie saß auf dem Spielplatz auf einer Bank und spielte mit ihrem Handy, als sich ein Junge zu ihr gesellte. Die Beiden sprachen miteinander und zeigten sich witzige Videos auf ihren Handys. Plötzlich tauchte eine Polizeistreife auf und verlangte, die Ausweise zu sehen. Emma ist erst dreizehn Jahre alt und hat noch keine eigenen Papiere, der Junge ebenfalls nicht. Er wollte wohl Emma imponieren und bat keck die Beamte, ihr Rendezvous nicht zu stören. Doch der Polizist hatte keinen Humor.

„Ihr seid also keine Geschwister?", fragte er streng.

„Nee, meine Schwester hätte ich nicht küssen wollen, diese Schöne hier schon."

Er zeigte auf Emma, die sich köstlich amüsierte, der Polizist jedoch nicht. Er forderte die Beiden auf, sich sofort nach Hause zu begeben, weil Spielplätze gesperrt seien. Außerdem sei es nur Leuten, die zusammen wohnen, erlaubt, gemeinsam spazieren zu gehen, jedoch nicht, auf einer Bank herumzusitzen. Zu allen anderen Menschen sei ein Sicherheitsabstand von mindestens eineinhalb Meter einzuhalten.

Der Junge machte Anstalten, den Abstand der Polizisten abzumessen und wollte wissen, ob sie alle zusammen in einer Wohnung leben. Als ihn daraufhin der Uniformierte am Arm packte, schrie er laut um Hilfe. Da griffen auch die anderen Polizisten ein und drohten mit einer Anzeige, wenn die Kinder nicht sofort nach Hause gingen. Getrennt!

„Wir durften nicht einmal unsere Telefonnummern tauschen", beendet sie ihren Bericht.

Mich ärgert, dass Emma solch eine Erfahrung machen musste. Ihr Vertrauen in die Polizei wird davon gestört. Sie sollte die Menschen vor Verbrechern schützen und nicht ihre Aufgabe darin sehen, Kinder von Spielplätzen zu vertreiben.

*****

Seit letztem Wochenende ist auch Anja daheim. Sie hat sich in ihrem Zimmer eingeschlossen und trainiert verbissen, um gelenkig zu bleiben. Dabei helfen ihr Tanzvideos, die sie sich stundenlang anschaut und alle Figuren nachstellt. Eigentlich sollte sie online lernen, doch dazu kann sie sich nicht aufraffen. Zu ihren früheren Freundinnen hat sie kaum noch Kontakt, weil diese nicht verstehen, warum Anja freiwillig so hart trainiert. Außerdem interessieren die sich nicht für den Tanz. Ihre neuen Freundinnen aus der Tanzschule wohnen weit entfernt.

Es tut mir weh, Anja nur beim Tanz unbeschwert zu sehen, dann lächelt sie und bewegt sich leicht. Ansonsten ist viel zu ernst für ihr Alter. Sie ist nur zufrieden, wenn alles perfekt ist: die Kleidung und auch die Körperhaltung.

Ich dagegen lasse mich gern hängen. Ich bin mir sicher, dass eine aufrechte Körperhaltung durch das Tanzen kommt. Vielleicht lerne ich in meinem Tanzkurs, mich gerade zu halten und meinen Kopf bei Tisch nicht mehr auf die Ellenbogen zu stützen. Das haben die Mädchen an mir immer kritisiert, doch ich mag es nun einmal bequem, auch, wenn es nicht so schön aussieht wie bei ihnen.

Ich mache mir Sorgen um meine Mädchen, weil sie nicht mehr fröhlich umherspringen und wild durcheinander schnattern. Noch vor kurzem ging mir ihr Geplapper auf die Nerven, heute vermisse ich es und kann mich trotz der Ruhe im Haus nicht auf meine Arbeit konzentrieren.

Dabei habe ich viel zu tun und muss endlich Texte übersetzen, bei einigen rückt der vereinbarte Abgabetermin bedrohlich näher. Ich weiß, dass ich nichts verdiene, wenn ich keine Übersetzungen abliefere. Doch im Moment fühle ich mich wie gelähmt.

Ständig kreisen meine Gedanken um diesen gefährlichen Virus und ohne es wirklich zu wollen, lande ich bei jeder Recherche für meine Übersetzungen automatisch auf Schlagzeilen, was Bund und Länder an neuen Schutzmaßnahmen beschlossen haben.

Ab Montag darf man nur noch in ein Geschäft, wenn man Mund und Nase verhüllt und einen Sicherheitsabstand einhält. Wie soll das funktionieren? Und warum? Ist Isolation nicht weit gefährlicher als die Krankheit selbst?

Die Menschen erwarten nicht, dass etwas logisch ist, wenn ihre Gefühle und ihre Ängste im Spiel sind. Sie geben sich ganz ihrer Panik hin, igeln sich ein und verlangen dies von allen anderen auch.

*****

Hausputz ist mir ein Gräuel. Wenn ich mich zum Saugen, Staubwischen oder gar Bügeln aufraffe, stelle ich die Musik ganz laut und tanze dazu. Dabei achte ich mehr auf die rhythmischen Bewegungen als auf die Arbeit und bilde ich mir ein, Freude zu haben. Doch seit Tagen habe ich keine Lust auf fröhliche Musik. Auch die Mädchen nicht. Sie sind das Tanzen in der Gruppe gewöhnt. Daheim üben sie zwar die Schritte, doch so allein ist es nicht dasselbe wie im Ensemble. Es fehlen die Kommandos des Trainers und der Vergleich zu den anderen Tänzern.

Ich laufe hinüber zu Nicole.
„Störe ich beim Hausputz?", frage ich und zeige auf ihre Silikonhandschuhe.
„Die trage ich den ganzen Tag. Sicherheitshalber!"
Dabei besprüht sie die Türklinke, die ich angefasst habe, und wischt mit einem Lappen nach.
„Du musst Mundschutz tragen, wenn du dein Haus verlässt!"
Ich lache, weil mir nicht klar ist, dass sie es ernst meint.
„Da gibt es nichts zu lachen!", tadelt sie. „Du

solltest die Krankheit nicht auf die leichte Schulter nehmen und dich an die gesetzlichen Vorgaben halten!"

„Es sind nur Empfehlungen", korrigiere ich.

„Da irrst du dich. Wer keine Maske trägt, zahlt fünfzig Euro. Wer sich mit Leuten außerhalb der Familie trifft, mindestens hundert bis sogar tausend Euro."

„Wieso sollen wir uns nicht treffen? Ich bin hier, weil ich dich und deine Tochter zu uns einladen will."

Tamara ist seit einigen Tagen wieder daheim. Sie hat viele Wochen bei einer Modelshow fürs Fernsehen mitgemacht und dabei weltweit viel gesehen und erlebt. Wir könnten uns einen gemütlichen Nachmittag machen und Tamara von ihren Erlebnissen erzählen.

„Bist du übergeschnappt? Das ist überhaupt nicht erlaubt!", schreit mich Nicole an.

„Aber es sieht doch keiner", versuche ich, sie zu beruhigen.

„Meinst du, ich mache mich wegen dir und deiner blöden Idee strafbar? Oder ich riskiere, krank zu werden? Du musst verrückt sein!" Nicole stemmt die Hände in ihre Hüften, schaut mich wütend an und sagt: „Du solltest gehen!"

Ziemlich irritiert, verletzt und etwas benommen gehe ich zurück in mein Haus.

*****

Wie jeden Sonntag skype ich auch heute mit meiner Mutter in Australien.

Sie klingt sehr bedrückt, als sie sagt: „Australien hat inzwischen seine Grenzen geschlossen und lässt nur noch Einheimische mit Hauptwohnsitz ins Land. Sämtliche Flüge ins Ausland sind bis Juni gestrichen."

Gestrichene Flüge und geschlossene Grenzen machen mich nervös, denn die Mädchen möchten über Ostern zu ihrem Vater nach Norwegen fliegen. Hier hält sie nichts, weil es für beide im Moment weder Schule noch Auftritte gibt.

Ostern ist immer ein ganz besonderes Fest in Norwegen, der Frühlingsbeginn, der auf jeden Fall draußen gefeiert wird.

Doch vielleicht gelten diese Beschränkungen nur für Australien, denn der Ort in China, wo das Virus auftrat, ist mehr als zweitausend Kilometer näher an dem Ort, wo Mutter lebt, als Chemnitz. Bergen in Norwegen ist noch weiter von Wuhan entfernt, also wird es für Skandinavien keine Probleme geben. Außerdem halten sich Bakterien und Viren in der Wärme erheblich besser als in der Kälte. Und in Bergen wird noch Schnee liegen.

Mutter telefoniert täglich mit Eldar und erzählt, dass er auf seinem Schiff festsitzt und nicht an Land darf. Nicht einmal in Bergen durfte er von Bord. Er befand sich so kurz vor seinem Zuhause, doch genützt hat es ihm nichts. Mein Bruder reist gern und ist am liebsten monatelang auf dem Schiff. Aber freiwillig! Das Gefühl, nicht nach Hause zu können, muss für ihn ein beängstigendes Gefühl sein. Angst vor dem Ungewissen wird sich einstellen, Angst, dass etwas Schlimmes passieren könnte. Er wird sich eingesperrt fühlen.

Ebenso die Leute, die ihren Urlaub auf einem Luxusschiff gebucht haben. Sie sitzen wie der Arzt von Björns Mutter auf solch einem Schiff fest und können nicht nach Hause zu ihren Familien und ihrer Arbeit.

Sogar Hurtigruten, die traditionellen norwegischen Postschiffe bekommen derzeit Probleme, weil sich etliche Häfen weigern, die Passagiere an Land zu lassen.

Auf der Insel La Réunion im Indischen Ozean bewarfen Einheimische die Passagiere, die vom Schiff kamen, mit Steinen.

„Wie geht es dir? Kommst du zurecht?", frage ich.

Dabei wird mir bewusst, dass ich Mutter nie vermisst habe. Ich verstand nicht, warum sie nach Australien ging und habe auch nie versucht, es zu verstehen. Mich hat es einfach nur enttäuscht, dass sie fortging und ich habe mich in Gedanken von ihr verabschiedet – für immer.

Jetzt packt mich plötzlich Sehnsucht nach ihr. Ich möchte sie umsorgen, mich um sie kümmern, ihr beistehen.

„Nein, Eila, ich habe keine Probleme. Ich habe hier Freunde, fühle mich wohl und mir geht es gut."

„Du könntest bei uns wohnen."

Das war etwas voreilig, denn der Gedanke ist mir soeben erst gekommen. Doch wir haben Platz, ein freies Zimmer ganz allein für sie. Ich könnte genauso gut meinen Schreibtisch im Wohnzimmer aufstellen.

„Nein!", unterbricht sie mich. „Ich bin hier, weil ich es so will und ich bleibe hier. Wir können skypen, mehr braucht es nicht."

Enttäuscht und gleichzeitig erleichtert lege ich auf.

*****

Schon seit vielen Jahren schaue ich keine Nachrichten, lese keine Zeitung und treffe nur wenige Leute. Trotzdem erreichen mich die grauenhaften Neuigkeiten über das Virus und hindern mich am Einschlafen. Sogar zum

Lesen fehlt mir die Ruhe, was ich sonst immer abends im Bett genieße.

Ich knipse meine Leselampe an und aus, immer wieder. Die Lampe hat mir Björn vor langer Zeit geschenkt. Es ist ein scheußliches Teil aus buntem Glas, das einen Schmetterling darstellt, der auf einer gusseisernen Rose hockt. Seine Flügel sind aus gelben und grünen Glassplittern gefertigt, die intensiv leuchten, wenn man sie einschaltet, während die blauen Flügelenden dunkel bleiben. Ich mag derartigen Kitsch nicht, zumal das Licht nie hell genug leuchtet, um lesen zu können. Doch ich mag die Lampe auch nicht wegwerfen, obwohl ich sie nicht benutzen kann. Sie ist unnütz, aber sie ist eine Erinnerung.

Björn hat viel Geld dafür ausgegeben und wollte mir eine Freude machen, weil ich Schmetterlinge so gern mag. Doch er sah mir an, dass mir die Lampe nicht gefiel. Man sieht mir immer an, was ich fühle. Deshalb wollte er sie sofort ins Geschäft zurücktragen und gegen eine andere eintauschen. Doch er tat es nie.

Jetzt ist die hässliche Lampe ein Mahnmal.

Mir fällt oft eine Tasse herunter oder ein Glas zerbricht, doch diese Lampe bleibt heil und mir gehen nur Dinge kaputt, die ich mag.

Ich mochte auch meine Ehe, das Leben mit

Björn und wusste immer, dass er der Richtige für mich ist. Wehmütig denke ich an den Tag, an dem ich ihn kennenlernte. Es passierte auf der Hochzeit einer Freundin.

Alle Gäste tanzten übermütig zu „It´s my Life" von Bon Jovi, sogar die Alten ließen sich von unserer fröhlichen Stimmung anstecken. Neben mir wedelte die Cousine der Braut mit ihren Armen und drehte sich wild im Kreis. Sie bemerkte nicht, dass mich ihr Freund nicht aus den Augen ließ, schließlich meinen Arm packte und mich hinaus in die kalte Winterluft zog. Dort umschlang er meine Schultern und flüsterte in mein Ohr: „Du sollst nicht frieren. Ich werde aufpassen, dass dir niemals wieder kalt wird."

Ich dachte damals, er sei betrunken und fauchte: „Du spinnst! Ich will jetzt tanzen, damit mir wieder warm wird."

Verärgert, weil ich das fröhliche Lied von Bon Jovi nun verpasst hatte, schob ich ihn beiseite und ging wieder hinein in den Festsaal. Doch er folgte mir und blieb den ganzen Rest der Nacht in meiner Nähe.

Ich erinnere mich sehr gut daran, aber ich weiß nicht mehr, was aus seiner Freundin geworden ist.

*****

Mittwochs fahre ich immer auf den Wochenmarkt im Stadtzentrum. Ich mag den Platz sehr,
der zwischen dem alten Rathaus und der Glas-
fassade eines Kaufhauses liegt und von Cafés
und kleinen Läden umgeben ist. Noch bevor ich
den ersten Stand erreiche, sehe ich erheblich
mehr Polizeiwagen als sonst in der Stadt. Diese
Präsenz von Macht und Gewalt hat mich schon
immer gestört. Die Beamten bilden eine Kette
und lassen niemanden an die Gemüseausla-
gen.

„Ihr könnt doch nicht einfach den Markt
schließen!", ruft aufgebracht ein Händler.

Andere packen resigniert ihre Waren ein,
während wieder andere durcheinander rufen:

„Wir verkaufen Lebensmittel! Ist das nur noch
den großen Supermarktketten erlaubt?"

„Das sind alles regionale Produkte von meinem
eigenen Hof."

„Ich habe im Großhandel eingekauft. Was soll
ich mit der Ware machen? Zurückbringen? In
die Tonne kippen?"

„Wer ersetzt uns die Auslagen?"

Ein Polizist erklärt, dass auf dem Markt der
amtlich festgelegte Sicherheitsabstand nicht
eingehalten werden kann. Außerdem kaufen
hier vor allem alte Menschen, die zur Zeit
besonders gefährdet sind. Und das Obst käme
aus Spanien und würde durch halb Europa

transportiert, könnte also voller Viren sein.

„Und woher kommt das Obst und Gemüse in den Supermärkten? Es kommt auch aus Spanien!", ereifert sich ein Händler.

Außerdem entfernt man von den meisten Früchten vor dem Verzehr die Schale. Zudem ist der geforderte Abstand hier draußen leichter einzuhalten als in den Supermärkten und die Ansteckungsgefahr geringer als drinnen.

Heute wollte ich Blumen kaufen, Gemüse und wie immer Wurst vom Landfleischer, der die Tiere selbst hält und schlachtet und das Fleisch vor Ort verarbeitet. Mir schmeckt seine Wurst erheblich besser als die im Supermarkt und hat mit Sicherheit eine bessere Qualität. Soll ich jetzt extra zwanzig Kilometer über Land fahren, um Wurst zu kaufen, die mir hier vor Ort nicht erlaubt ist zu kaufen? Ich verstehe das System nicht.

Die Deutschen sind schon ein seltsam über-gründliches Volk. Sie sind verrückt. Da muss ich Björn Recht geben. Ich will zurück nach Norwegen. Sofort!

*****

Erschöpft lasse ich mich daheim in den Sessel fallen. Jetzt brauche ich einen Kaffee, einen besonders starken. Norweger trinken viel

Kaffee, ich auch. Und Björn. Philipp mochte lieber Tee. Als er weg war, habe ich alle seine Teebeutel und Teegläser in den Müll geworfen. Sie waren sowieso nicht schön. Darüber muss ich lächeln, doch ich kann mich nicht aufraffen, mir einen Kaffee zu kochen. Mit der Fernbedienung starte ich das Radio und fühle mich plötzlich, als drücke mich ein Gewicht in die Polster Erst nach einigen Sekunden erkenne ich den Grund. Es ist eine melancholische Melodie von einer norwegischen Gruppe: Song from Secret Garden. Ich habe dieses schöne, aber sehr traurige Lied noch nie zuvor im Radio gehört. Hier spielt es ein Geigenorchester und wird von einem Cello dominiert.

Mir laufen die Tränen übers Gesicht, denn bei dieser Melodie hat mich damals Björn gefragt, ob ich ihn heiraten möchte. Wir lagen aneinander geschmiegt auf dem Sofa, als wären wir ein einziger Körper. Ich war damals so ergriffen, dass ich auf seinen Antrag nicht antworten, sondern nur nicken und ihn küssen konnte.

Und genau dieses Lied spielten wir, als unsere kleine Wilma beerdigt wurde.

Ich weiß nicht, ob ich die CD noch habe, gehört habe ich diese Musik nie wieder, weil sie den schönsten und gleichzeitig schlimmsten Tag meines Lebens vereint. Beide Gefühle – die glücklichen und die traurigen – verschmelzen darin. Ich fühle im Moment genau das, was ich damals fühlte und was auch Björn in diesem Moment gefühlt haben muss. Bisher wusste ich nicht, dass Musik so etwas kann.

Das Telefon klingelt, Björn ist dran.
„Hast du gespürt, dass ich eben an dich dachte?", frage ich erfreut.
„Ich will nur wissen, wie es euch geht. Kommt ihr zurecht?"
„Nicht wirklich, denn hier ist zur Zeit der Teufel los. Ich will möglichst schnell zurück nach Norwegen. In Bergen kann ich ebenso von Zuhause aus arbeiten wie hier und die Kinder ..."
„Du kannst nicht zurück!"
„Die Kinder werden sich eingewöhnen, sie ..."
„Hör doch mal zu!"
Björn wird laut und klingt wütend. Die alte Wut ist also immer noch da. Vielleicht reagiere ich zu vorschnell und sollte mir mehr Zeit nehmen für den Umzug zurück in meine Heimat. Doch ich will nicht länger warten. Es muss schnell gehen!
„Du kannst nicht zurück!", wiederholt er.
„Warum? Wegen deiner neuen Frau?"
Ich höre ihn seufzen.
Dann flüstert er: „Ich habe keine neue Frau."
Wieso nicht? Ich weiß genau, dass er in der vorletzten Woche geheiratet hat und habe ihm

einen Bildband von Chemnitz geschickt und eine schöne Glückwunschkarte beigelegt. Ist ihm nicht klar, dass ich seine Ehe nicht stören will? Ich will nur zurück nach Bergen. Dort hätten auch die Mädchen wieder Kontakt zu ihrem Vater.

Ich will nicht an seine Frau denken und auch nicht mit ihm über sie sprechen.

Ich will, dass er an seine Töchter denkt und sage: „Ich kann nur im Internet keine passende Tanzschule für die Mädchen finden, eigentlich gar keine. Kannst du uns helfen und dich darum kümmern?"

„Hörst du keine Nachrichten?"

Ich seufze. Das ist typisch Björn. Ich bitte ihn um etwas Privates und schon lenkt er auf Nachrichten aus aller Welt ab. Was geht mich das Weltgeschehen an, wenn ich mit ihm über unseren Umzug nach Bergen reden will?

„Das ist typisch für dich und deine verdammte Ignoranz!", schimpft Björn.

Er will uns nicht. Das merke ich und sofort laufen mir die Tränen übers Gesicht.

„Bitte denke an die Mädchen! Hier in Chemnitz dürfen sie zur Zeit weder in die Schule noch tanzen."

„Meinst du, hier sind die Schulen nicht geschlossen? Ihr dürft nicht einmal nach Norwegen einreisen, weil ihr hier keinen Hauptwohnsitz habt."

„Aber *du* wohnst dort! Wir sind deine Familie!"

„Wir sind geschieden! Schon vergessen?"

Björn erklärt mir, dass Flüge nur für Heimreisende erlaubt sind. Lockerungen gibt es erst, wenn eine Impfung gegen das Virus gefunden ist. Das könnte achtzehn Monate oder länger dauern.

Ich höre nur mit halbem Ohr hin und verstehe nur, dass wir nicht kommen dürfen.

„Hör mal!"

Er macht eine Pause und ich spüre, dass er jetzt sagen will, weshalb er anrief. Es wird nichts Angenehmes sein.

„Ich kann dich nicht mehr so großzügig wie bisher unterstützen."

„Wegen deiner neuen Frau?", frage ich erbost.

„Nein, du dumme Nuss! Ich bin in Kurzarbeit und weiß nicht, wie es weitergeht."

Näheres erklärt er nicht. Resigniert lege ich auf, ohne mich zu verabschieden.

Später erfahre ich von seiner Mutter, dass keine Hochzeit stattfand. In Norwegen sind wie in Deutschland sämtliche Hotels und Lokale geschlossen. Björns Freundin wollte deshalb die Hochzeit verschieben, weil für sie eine Trauung ohne Feier nicht in Frage kommt. Doch Björn will keine Frau heiraten, der eine

Feier wichtiger ist als ihr Mann. Daraufhin haben sie sich im Streit getrennt.

Eigentlich sollte mich diese Nachricht freuen, doch ich kann nur hilflos den Kopf schütteln, weil dieser Virus offenbar den Gehirnen mehr schadet als dem Körper.

Der Anruf drückt meine Stimmung. Dass mich Björn finanziell weniger unterstützen wird, ist zwar schlimm, doch schlimmer finde ich, dass seine neue Ehe kaputt ist, bevor sie begann. Das wird ihn sehr verletzen.

Was macht er überhaupt? Über seine Arbeit weiß ich gar nichts, nur, dass er jetzt Kurzarbeit hat und entsprechend weniger verdient. Wie sieht jetzt seine Freizeit aus, wenn er sich nicht wie gewohnt mit seinen Freunden treffen kann? Björn mag die Berge und das Wasser gleichermaßen. Er ging gern tagelang wandern oder schwamm weit ins Meer hinaus. Dazu ist das Wasser jetzt zu kalt und Schwimmhallen haben sicher auch in Norwegen geschlossen. Ihm wird sein gewohntes Leben schmerzlich fehlen.

Mir war Wasser nie geheuer. Ich kann schwimmen, doch ich ging niemals in ein Freibad oder eine Schwimmhalle. Auch die Mädchen mögen das Wasser nicht. Sie wollen nur tanzen.

Und wieder merke ich, wie sehr mir Björn fehlt.

Dass er fortging, hat mich schwer verletzt, doch ich akzeptierte seine Entscheidung. Punkt. Aus. Ende.

Ist das wirklich das Ende? Unwiederbringlich? Für mich weicht dieses Ende immer mehr auf. Ich frage mich, warum alles so gekommen ist wie es gekommen ist und denke stundenlang darüber nach. Dabei vergesse ich, mich zu waschen und anzuziehen. Mein Körper fühlt sich schwer wie Blei an und ich habe Mühe, mich zu bewegen, zu gehen, die Treppen ins Obergeschoss hinaufzusteigen.

Ich weiß, dass es sinnlos ist, nach so vielen Jahren um einen Mann zu trauern, dem es offensichtlich besser geht, wenn er nicht bei mir ist. Ich weiß das alles. Und doch geht es mir so schlecht wie nie zuvor. In mir ist ein großer Klumpen Schmerz, der vorher nicht da war. Ich habe das Gefühl, dass dieser Klumpen immer weiter wächst, sich in meinem ganzen Körper ausbreitet und ich am Ende nur noch ein wandelnder Schmerzklumpen bin. Ich will das nicht! Doch ich weiß nicht, was ich dagegen tun kann. Mir ist schrecklich kalt, den ganzen Tag schon, vielleicht auch schon viel länger. Ich sitze in eine dicke Decke gewickelt im Bett und versuche zu lesen. Doch ich erkenne nur die Worte, begreife aber deren Sinn nicht. Vielleicht sollte ich nicht so viele nordische Romane lesen, die mich nur traurig stimmen. Bei deutschen Texten muss ich mich viel mehr konzentrieren und laufe keine Gefahr, nebenbei zu träumen.

*****

Es schneit. Aber der Schnee schmilzt, sobald er den Boden berührt. Nur auf der Wiese bleibt er liegen und deckt die blauen Immergrün-Blüten zu, die sich viel zu früh herausgewagt haben. Den ganzen Winter über hat es nur einmal kurz geschneit, aber der Schnee blieb nicht liegen.

Ich schaue aus dem Küchenfenster hinaus auf die Straße und sehe Florian, wie er versucht, einer Dame aufzuhelfen, die schreiend auf der Straße liegt. Schnell werfe ich mir den Anorak über, schlüpfe in meine Stiefel und eile Florian zu Hilfe. Zu zweit schaffen wir es, die Dame auf die Beine zu stellen.

Sie zieht ihre Mütze weit ins Gesicht und schlägt mit beiden Armen um sich.

„Fassen Sie mich nicht an! Hilfe! Gehen Sie weg! Hilfe!"

Mich trifft sie am Kopf und Florian mehrmals an Brust und Schulter.

„Ich zeige Sie an!", schreit die Frau. „Ich weiß, wo Sie wohnen!"

„Aber warum? Was haben Sie", frage ich irritiert.

„Sie stecken mich an! Sie haben mich angefasst!"

Während Florian versucht, die Frau zu beruhigen, taucht wie aus dem Nichts ein Polizeiauto
auf, das uns mit seinem Blaulicht entgegen
leuchtet und sogar kurz das Horn anschaltet. Ist
etwas passiert? Wir treten beiseite, doch der
Wagen hält direkt neben uns und zwei Beamte
steigen aus.

„Gehen Sie!", fordert mich einer der Männer
auf.

„Nein!", schreit die Frau aufgebracht. „Die war
mit dabei, die hat mich hier angefasst." Sie
weist auf den Ärmel ihres Mantels. „Und der ...",
sie zeigt auf Florian, „... hat an mir herumge-
zerrt und gegen meinen Willen unter die Arme
gefasst."

„Sie haben am Boden gelegen und meine
Nachbarin und ich halfen Ihnen auf."

„Ich habe Sie nicht darum gebeten!", giftet die
Frau.

„Sie wohnen also nicht zusammen?", fragt der
Polizist.

„Nein. Ich wohne hier", ich zeige zuerst auf
mein Haus und dann auf Florians Haus gegenüber, „mein Nachbar dort."

„Ich sehe mehr als zwei Personen und keinen
Sicherheitsabstand. Deshalb nehme ich jetzt
Ihre Personalien auf", verkündet der Polizist.

„Weil wir hilfsbereit waren? Sollten wir die Frau etwa liegen lassen?"

„Ihre Personaldokumente!", fordert der Uniformierte.

„Die sind im Haus."

Als ich mit meinem Ausweis zurückkomme, erklärt der Polizist, die Frau habe zu Recht Angst vor Ansteckung und wird den Übergriff anzeigen.

„Übergriff? Wir haben ihr geholfen", sage ich.

Florian winkt ab.

„Das habe ich alles schon zehn Mal gesagt, es nützt nichts."

In diesem Moment kommt Anja aus der Tür gelaufen und schreit: „Mama! Mama!"

„Ist das Ihre Tochter?"

Ich nicke, obwohl das klar sein müsste, denn Anja hat eindeutig Mama gerufen. Jetzt klammert sie sich an mich und fragt ängstlich: „Was ist denn los?"

„Mädchen! Du hast keine Jacke an! Du gehst sofort zurück!"

„Bringen Sie Ihr Kind ins Haus und bleiben Sie bei ihr."

Bei ihm, das Kind ist sächlich, denke ich automatisch.

„Sie können sich bei Ihrer Tochter bedanken!"

Wofür? Ich lege meinen Arm um Anjas Schulter und ziehe sie mit mir fort. Dabei höre ich, wie der Polizist zu Florian sagt: „Und nun zu Ihnen! Die Strafgebühr für die Ordnungswidrigkeit beträgt 55 Euro. Sie ist sofort in bar fällig."

„Was habe ich denn gemacht, was nicht in Ordnung war?""

„Ich rate Ihnen, nicht weiter zu diskutieren, wenn es für Sie nicht teurer werden soll."

Ich mache Florian mit der Hand ein Zeichen, still zu sein. Er soll einfach nachgeben, bevor der Polizist die Strafgebühr erhöht. Dazu ist er vermutlich berechtigt.

„Wieso war plötzlich die Polizei hier?", fragt Anja.

„Vermutlich hat einer der Nachbarn beobachtet, dass Florian und ich einer Frau von der Straße aufhalfen und die Polizei gerufen."

„Aber warum?"

„Weil man niemanden anfassen darf und wir zu dritt draußen standen, obwohl wir nicht zusammen wohnen."

Ich weiß nicht, ob Anja die Tragweite dieser Situation verstanden hat, aber mehr will ich nicht dazu sagen, weil ich überaus empört bin. Über den Anrufer und auch über die Polizisten, die meiner Meinung nach ganz anders hätten reagieren müssen. Es ging nie darum, ob die Frau verletzt ist, sondern allein um das Kontaktverbot.

Am Nachmittag laufe ich hinüber zu Ingrid. Doch ihre Tür ist verschlossen, also ist sie ausgegangen.

„Wo hast du deinen Mundschutz?", höre ich jemanden rufen.

Es ist Steffi. Sie steht vor ihrem Haus gegenüber und stemmt die Hände in ihre Hüften. Darf ich nicht meine Ex-Schwiegereltern besuchen, weil wir nicht zusammen wohnen? Würde Steffi das melden? Vielleicht war sie es, die vorhin die Polizei gerufen hat, als ich mit Florian der Frau aufhalf?

Gleichzeitig schäme ich mich über meine bösen Gedanken. Bin ich auf einmal misstrauisch geworden, was ich noch niemals zuvor war?

Die Medien fordern die Menschen geradezu auf zu denunzieren und die Polizei lobt „wachsame" Nachbarn. Schlimmer geht es kaum. Und doch nehme ich mir vor, keinen Fehler zu machen. Ich habe die Verantwortung für Emma und Anja.

Plötzlich überfällt mich Angst. Angst vor dem Virus, Angst, Fehler zu machen und Angst um meine Mädchen. Mich hat nicht der Corona-Virus befallen, sondern der Virus der Angst. Ich habe sogar Angst vor der Angst und fürchte, damit nicht mehr allein fertigzuwerden.

*****

224

„Mama, unser Weihnachtskaktus blüht", verkündet Emma.

Tatsächlich. Allerdings hat er nicht ganz so viele Blüten wie während der Adventszeit.

„Wir haben also nicht nur einen Weihnachts-, sondern gleichzeitig einen Osterkaktus."

„Nun brauchen wir nur noch Zweige, damit wir sie mit bunten Eiern schmücken können."

Das hätte ich fast vergessen. Den Mädchen sind die Bräuche im Erzgebirge wichtig. Ihnen gefallen die Schnitzereien, die man im Advent und zu Ostern aufstellt und an Zweige hängt.

Leider musste die nahe Gärtnerei wegen des Virus schließen. Verstehen kann ich das nicht, muss ich auch nicht. Ich muss mir nur überlegen, wo wir Zweige für den Osterstrauß herbekommen.

„Aus dem Wald!", verkündet Emma.

„Du kluges Kind!", lobe ich lachend. „Dein Vorschlag gefällt mir. Wir gehen alle drei in den Wald."

„Ohne mich!", schreit Emma. „Spaziergang mit der Mama und Baby-Schwester."

„Ich bin kein Baby!", wehrt sich Anja.

„Natürlich nicht, das weiß auch deine Streit-Schwester."

Emma wirft mir einen wütenden Blick zu.

„Zieht euch warm an und vergesst die Mützen nicht!", rufe ich und ernte einen weiteren bitterbösen Blick.

Wir gehen gleich zu Fuß in den nahen Zeisig-wald. Hier war ich früher oft mit unserem Hund und mochte es sehr, dass er so verwildert wirkt. Man überlässt ihn der Natur, weil er kein Nutz-wald ist, weshalb Totholz und umgestürzte Stämme nicht beräumt werden, sondern verrot-ten dürfen.

Anja hüpft neben mir her, während Emma kon-sequent drei Schritte hinter uns bleibt und so tut, als gehöre sie nicht zu uns.

„Wenn ich eure doofen Mützen sehe, könnte ich kotzen", murrt sie.

„Jedenfalls frieren wir nicht und du setzt deine auch wieder auf! Sofort!"

Emma stülpt sich ihre Mütze absichtlich schief auf ihre Haare und schimpft leise vor sich hin.

Ich weiß nicht, welche Zweige für die Vase ge-eignet sind, denn diesen Brauch gibt es in Nor-wegen nicht. Philipp besorgte früher Kirsch-zweige, Weide und Forsythie. Und Birke.

Zwar entdecke ich bald eine Birke, doch deren Zweige hängen zu hoch, so dass ich sie nicht greifen kann. Hier im Wald stehen wunder-schöne hohe Buchen, eine davon ist noch jung, so dass ich die dünnen Äste leicht erreichen kann. Leider habe ich vergessen, ein Messer mitzunehmen und schaffe es nicht, den Ast abzubrechen. Er lässt sich nur biegen.

„He!", ruft ein Junge. „Man darf im Wald keine Zweige abbrechen!"

„Halt die Fresse!"

„Emma!", ermahne ich sie.

„Wenn das jeder machen würde!", belehrt uns das fremde Kind.

Seine Mutter steht lächelnd dabei, sagt aber nichts.

„Na und? Dann macht es eben jeder! Wen interessiert´s?"

„Mich interessiert es und auch die Käfer und Vögel, die im Baum leben. Außerdem tut das dem Baum weh!"

Emma kichert, verzieht ihr Gesicht und jammert theatralisch: „Ich heule gleich. Huhuhuu!"

Ich ärgere mich über Emma und weiß nicht, warum sie so garstig zu dem Junge ist.

„Geh weiter!", zische ich ihr zu und bitte die Frau um Entschuldigung.

Sie lächelt immer noch und empfiehlt: „Gehen Sie zum Friedhof! Dort wurden Bäume und Sträucher frisch verschnitten und die Äste liegen zu großen Haufen an den Wegen. Es sind Forsythie, schöne Birken und sogar Weidenkätzchen dabei. Ich habe mir gestern schon welche geholt."

Sie dreht sich um und geht, während der Junge bereits voraus gelaufen ist.

„Vielen Dank!", rufe ich ihr nach.

Sofort nehmen wir den Weg zum nahen Friedhof und finden tatsächlich viele wunderschöne
Zweige, die ich daheim in eine große Vase
stelle und mit bunt verzierten Eiern und Figuren
schmücke. Das alles hat mir damals Philipp
geschenkt, weil es ein typischer Osterschmuck
für diese Region ist. Auch eine geschnitzte und
wunderschön bemalte Hasenschule für die
Mädchen und für mich eine Häsin mit Hut, die
an einem Computer sitzt.

*****

In Norwegen sind wir zu Ostern immer Schi
gefahren, weil meist noch ausreichend Schnee
in den Bergen lag. Zu essen gab es Fisch, am
liebsten Lachs mir Rührei.
In Deutschland isst man Osterlamm, was die
Mädchen natürlich ablehnen. Auch Hasenbra-
ten mögen sie nicht, weil ihnen die Tiere leid
tun. Es nützt auch nichts, ihnen zu erklären,
dass es Nutztiere sind, die extra für den
Verzehr gezüchtet werden.
Deshalb werde ich Gerichte aus Fisch und
Eiern kochen, die ohnehin leichter zu fertigen
sind. Ich nehme mir vor, im Internet nach
einfachen Rezepten zu suchen. Es ist jammer-

schade, dass die Lokale wegen der neuen Verordnungen geschlossen sind und ich deshalb selbst kochen muss. Emma möchte für die Großeltern einen Osterkuchen backen und sie damit überraschen.

Außerdem will es ein lustiger Brauch, dass die Kinder Eier bunt bemalen. Das werde ich ihnen für morgen vorschlagen. Man versteckt am Ostersonntag ein Nest voller Eier und Schokoladenhasen im Garten, das die Kinder suchen müssen. In diesem Jahr ist Ostern erst im April. Als wir damals im März nach Chemnitz zogen, war es während der Feiertage so kalt wie in Norwegen und es lag Schnee. Ich hielt das für normal. Doch leider hat es seitdem nie wieder Schnee zu Ostern gegeben. Für dieses Jahr kündigt der Wetterbericht sogar sommerliche Temperaturen von zwanzig Grad und mehr an.

*****

Auf einem Werbeblatt steht, dass norwegischer Wildlachs im Angebot ist. Das passt mir gut und ich gehe sofort los, um welchen zu kaufen. Außerdem brauche ich Spaghetti, weil die Mädchen gern Nudeln essen, aber keine einzige Packung mehr im Schrank ist.

In den Laden darf ich nicht sofort hinein. Die

Leute stehen hinter Strichen, die auf den Boden gemalt sind und am Eingang lässt ein Mann immer nur dann einen Kunden hinein, wenn ein anderer aus dem Geschäft kommt. Mehrere Leute tragen Mundschutzmasken, viele Gummihandschuhe. Beides halte ich für den idealen Keimplatz für Bakterien, Bazillen und vermutlich auch Viren aller Art.

Nur eine einzige Frau nickt mir freundlich zu, die anderen drehen sich zur Seite, als hätte ich die Pest. Für mich ist diese Szenerie furchtbar gruselig, ich fühle mich wie in einem Horrorfilm.

Als ich endlich drinnen bin, stehe ich vor einem leeren Regal, in dem sich sonst Berge verschiedener Nudelsorten befinden. Doch heute sehe ich nicht eine einzige Packung und finde auch kein Mehl für Eierkuchen.

„Wo sind denn die Nudeln?", frage ich eine Verkäuferin.

Die brummt: „Da müssen Sie früher aufstehen! Konserven gibt's noch."

Doch fertige Nudelsoßen suche ich vergebens und finde nur Büchsen mit Bohnen oder Mais. Frustriert wühle ich in der Tiefkühltruhe und wähle verschiedene Pizzen mit Käse, Thunfisch und Spinat, obwohl die nicht so gut schmecken wie beim Italiener. Vielleicht sollte ich endlich kochen lernen, einfache Rezepte wird es im Internet sicher geben. Schließlich muss ich seit einiger Zeit jeden Tag kochen und kann auf Dauer nicht nur Pizza und Döner bestellen.

Leider ist auch der Lachs bereits ausverkauft. Die Verkäuferin sagt, sie hätten nur sehr wenig bekommen, andere Sorten wie zum Beispiel Thunfisch würden gar nicht mehr geliefert.

Was soll ich denn jetzt kochen? Außer Nudeln oder Plinsen, was beides recht schnell geht, habe ich noch nichts gekocht. Da fällt mir der Kiosk eines Vietnamesen ein, der Nudeln und Reis mit Gemüse verkauft. Dort werde ich bei der Rückfahrt anhalten und unser Mittagessen besorgen.

Am nächsten Tag will ich die Fertigpizzen in den Ofen schieben, doch die Mädchen möchten lieber die von unserem Lieblings-Italiener. Seine Telefonnummer kenne ich auswendig. Ich werde aufgefordert, per paypal vorab zu bezahlen und eine Ablagestelle anzugeben. Zur Auswahl stehen Terrasse oder vor der Haustür. Als Begründung nennt er den Corona-Virus.

Eine halbe Stunde später klingelt es. Ich öffne die Tür, doch es steht niemand draußen. Als ich mich umschaue, sehe ich das Pizzaauto abfahren. Trinkgeld kann ich dem Fahrer nun nicht mehr geben. Die Schachtel mit unserem Mittagessen liegt mitten auf dem Gartenweg. Das gefällt mir nicht. Doch es bringt nichts, sich zu ärgern, denn immerhin wurde die Pizza schnell geliefert und wir können uns an den Tisch setzen.

*****

Direkt nach dem Essen rufe ich meinen Haupt-kunden an, weil ich neue Aufträge brauche. Leider herrscht bei ihnen zur Zeit Kurzarbeit, weshalb sie im Moment meine Dienstleistung nicht benötigen. Andere Kunden haben wegen der Pandemie ebenfalls andere Sorgen und für mich nichts zu tun. Alles steht irgendwie still wie in einem Winterschlaf. Doch ich kann keinen Winterschlaf halten, ich brauche gut bezahlte Aufträge, um die monatlichen Rechnungen für Strom, Telefon, Fahrzeug und Versicherungen begleichen zu können. Bisher habe ich in all den Jahren nichts ansparen können. Wovon auch?
Ausgerechnet jetzt kann uns Björn nicht mehr wie gewohnt finanziell unterstützen. Was soll ich nur tun?

Nicole empfiehlt ein Hilfe-Programm für Selb-ständige, wovon ich noch nichts gehört habe. Doch ich finde schnell Informationen und sogar einen entsprechenden Antrag im Internet, den ich sofort ausfüllen und mailen kann.

Doch so einfach wie gedacht ist das Ausfüllen nicht. Mir zittern vor Aufregung die Hände, so dass ich mich ständig vertippe. So sehr ich mich auch konzentriere, manche Fragen verstehe ich einfach nicht. Dabei ist es wichtig, jetzt keinen Fehler zu machen. Ein falsches oder fehlendes Kreuz kann den gesamten Antrag zunichte machen. Wenn ich Glück habe, bekomme ich fünf- oder sogar neuntausend Euro als Überbrückung. Ich weiß nur nicht, ob und wann ich dieses Geld erhalte und zurückzahlen muss. Das geht aus dem Text nicht klar hervor.

Schon in meiner ersten Woche hier in Deutschland fiel mir auf, wie kompliziert die vielen Verordnungen hierzulande sind und wie verschieden sie ausgelegt werden können. Daran habe ich mich bis heute nicht gewöhnt und lasse mich schnell irritieren.

Wann werde ich wohl eine Antwort auf meinen Antrag erhalten? Und wann möglicherweise Geld? Vermutlich muss ich mich wenigstens eine Woche gedulden, sicher sogar viel länger.

*****

Tagsüber versuche ich, meinen Alltag zu ordnen und mich im Haushalt nützlich zu machen, da ich kaum noch Texte zu übersetzen habe. Ich sauge und putze im Haus, wasche und bügle die Wäsche, koche sogar und spreche so oft wie möglich mit den Mädchen. Wie immer rede ich leise und sehr bestimmt, so dass kein Zweifel an der Richtigkeit meiner Worte aufkommt. Doch wenn ich allein bin, wünsche ich, dass jemand so ruhig und bestimmt mit mir spricht, mir die Angst nimmt.

Kurz vor Ostern gibt es den ersten Corona-Toten in Chemnitz, ein 90-jähriger Mann mit alterstypischen Vorerkrankungen.

Alte Menschen sind besonders gefährdet. Man soll für sie einkaufen, damit sie nicht vor die Tür müssen. Darauf hätte ich von allein kommen müssen, für meine Schwiegerleute einzukaufen und für sie zu sorgen.

Deshalb rufe ich Ingrid an und verkünde: „Ab sofort übernehme ich eure Einkäufe."

„Und dann stellst du die Tüten draußen vor die Tür, wie sie es in den Nachrichten melden? Wo leben wir denn?"

„Ich meine es nur gut und will dir helfen."

„Das fehlte noch, dass ich mir das Einkaufen nehmen lasse. Nur so komme ich mal vor die Tür und unter die Leute."

„Aber genau davor wird zur Zeit gewarnt."

„Ich bin Rentner, aber ich bin nicht alt", faucht sie mich an. „Doch ich bin alt genug, um selbst zu entscheiden, was ich machen will und was nicht. Dein Angebot ist keine Hilfe, sondern ein Übergriff."

„Aber Mutter! Du weißt, dass ich es gut mit euch meine."

„Das weiß ich sehr wohl. Doch was sich als Übergriff anfühlt, das ist auch einer."

„Entschuldige bitte", sage ich zerknirscht.

„Du warst mit meinem Sohn verheiratet und bist die Mutter meiner Enkeltöchter, doch du bist nicht Familie."

Sie zählt mich nicht zur Familie? Das verletzt mich. Für mich ist sie außer meinen Töchtern meine engste Familie. Was bin ich für sie? Eine Fremde? Oder meint sie nur, dass ich nicht mit ihr verwandt bin?

„Ich mag dich inzwischen lieber als meinen eigenen Sohn, doch es gibt Grenzen. Und dass du Emma nicht mehr zu uns lässt, werde ich dir im Leben niemals verzeihen. Es ist besser, du lässt mich in nächster Zeit in Ruhe und kümmerst dich um deinen eigenen Kram."

Sie hat aufgelegt. Wie benommen schaue ich den Telefonhörer an und weiß nicht, was ich davon halten soll. Es tut mir leid, dass sie mein Hilfsangebot verletzt hat.

Andererseits freut es mich, dass sie selbstbestimmt bleiben möchte. Doch ich möchte ihr helfen und gleichzeitig alles richtig machen. Es wäre furchtbar, wenn Vater ausgerechnet jetzt ins Krankenhaus müsste und keiner ihn besuchen darf. Das würden wir alle nicht verkraften.

*****

„Du bist so gemein!", schreit mich Emma an. „Ich will zu Oma und Opi und zu meinen Freundinnen!"

„Das geht zur Zeit nicht und das weißt du."

„Zur Zeit", äfft sie mich nach. „Wie lange dauert denn diese blöde Zeit noch?"

„Das weiß ich nicht."

Ich sage ihr nicht, dass diese Einschränkungen vorerst bis Ende April bleiben und vielleicht sogar verschärft werden sollen. Danach wird neu beraten.

„Ich habe die Gesetze nicht gemacht und will, dass wir alle gesund bleiben. Verstehst du das nicht?"

„Ich verstehe nur, dass alle Erwachsenen suppendumm sind."

Emma schließt sich in ihrem Zimmer ein und dreht die Musik übertrieben laut auf. Das macht sie in letzter Zeit ständig. Damit geht sie mir und Anja auf die Nerven.

An ihrer Tür hängt ein großes selbstgemaltes Schild *Eintritt verboten!* Ich klopfe und rufe so laut ich kann: „Mach bitte die Musik leiser!"

„Verschwinde!", schreit sie, dreht aber den Ton ein klein wenig zurück.

Anja trainiert stundenlang in ihrem Zimmer. Doch sie übt zu ganz anderen Rhythmen, meist ruhige klassische Titel, und lässt sich vom Lärm ihrer Schwester irritieren. In letzter Zeit fängt sie bei jeder Kleinigkeit an zu weinen und ich weiß nicht, wie ich ihr helfen kann.

Ich selbst habe ständig Kopfschmerzen, mache mir Sorgen um die Mädchen, die Schwiegereltern und meine Aufträge. Zur Zeit scheint mir das ganze Leben schwierig.

Die Sparkasse hat mir wegen der Corona-Krise drei Monatsraten für den Hauskredit gestundet, und gleichzeitig den Überziehungsrahmen mit sofortiger Wirkung gekündigt, weil ich keine regelmäßigen Einnahmen mehr habe. Woher soll ich innerhalb von drei Tagen das Geld nehmen, um mein Konto auszugleichen? Ich habe noch nie zuvor überzogen, doch im Moment ging es nicht anders, weil ich so wenig Aufträge und somit keine Einnahmen habe. Essen müssen meine Mädchen und ich trotzdem.

Mich könnten im Moment nur zwei ausstehende Zahlungen der letzten Großaufträge retten. Doch was mache ich, wenn dieses Geld nicht kommt?

Ich brauche neue Sommerreifen für mein Auto,

die ich jetzt nicht kaufen kann. Viel schlimmer ist, dass ich das Geld für meine Krankenkasse nicht aufbringen kann. Und ausgerechnet im nächsten Monat sind die Versicherungen und Steuer für mein Auto fällig.
Es ist zum Verzweifeln!

Ich wünsche mir Björn zurück. Er wüsste, was zu tun ist. Ich weiß gar nichts mehr, fühle mich wie gelähmt und schleiche mit schweren Beinen durchs Haus. Zu nichts kann ich mich aufraffen, alles fällt mir schwer. Ohne die Mädchen würde ich mich komplett gehen lassen.
Nicole meint, ich hätte eine satte Depression, doch besuchen will sie mich nicht. Das sei nicht erlaubt. Als ob das jemand sehen könnte, wenn sie wie immer durch den Strauch zwischen unseren beiden Gärten kriecht.
Sie meint: „Sei froh, dass Björn nicht hier ist. Seine Wut würde dir schaden. Die Leute werden in Krisen aggressiv oder depressiv. Er ist aggressiv und du depressiv."
Sie glaubt, dass es viele Scheidungen geben wird, weil keiner gewöhnt ist, den ganzen Tag und die ganze Nacht aufeinander zu hocken und obendrein die Kinder am Hals zu haben. Die meisten Scheidungen gäbe es immer nach dem Sommerurlaub, weil man in dieser Zeit rund um die Uhr zusammen ist. So wie jetzt.

Nur jetzt ist es viel schlimmer, weil es kein freiwilliger Urlaub ist. Man sitzt daheim und darf keine Freunde treffen, nicht einmal die Eltern. Das ist grausam.

Wie lange soll diese Isolation noch anhalten?

Sobald man den Fernseher anschaltet oder den Computer hochfährt, erscheinen Berichte über die aktuelle Coronasituation im Land und weltweit. In Dresden verbringt man Quarantäne-Verweigerer in die Psychiatrie und lässt sie von der Polizei bewachen.

Es gibt neue Corona-Kranke und sogar Tote. Doch es sind nur Zahlen. Keine Namen, kein Schicksal, keine Familie. Sie sind nur Zahlen zwischen anderen Zahlen. Journalisten mögen Zahlen und Katastrophen. Ich nicht. Ich mag mein gewohntes ruhiges Leben Doch das gibt es nicht mehr. Mein gesamter Alltag ist komplett aus den Fugen geraten. Ich finde mich mit den einfachsten Dingen nicht mehr zurecht. Corona ist überall, obwohl es nicht direkt zu sehen ist.

Ich kann nicht mehr normal denken, es denkt mich von ganz allein. Ich fürchte diese Gedanken, die sich immer und immer nur im Kreis drehen und mich am Ende in den Wahnsinn treiben.

*****

Früher in Norwegen führte ich über alles Listen. Einkaufslisten, Urlaubsgepäck-Listen, Kontakt-Listen, Tätigkeits-Listen, Geschenkideen-Listen und vieles mehr.

Nach den Babylisten für Emma hörte ich damit auf, weil sich ohnehin der ganze Tag und auch die Nacht nach den Bedürfnissen der Kleinen richtete. Ich war nach den schlaflosen Nächten schon am Morgen erschöpft. Ich konnte mich zu nichts aufraffen, nicht einmal zu Spaziergängen, lag nur auf dem Sofa herum und döste vor mich hin. Emma versorgte ich wie im Trance und Björn traute mir kein zweites Kind zu, obwohl wir unbedingt noch eins wollten, am liebsten sogar zwei.

Seltsamerweise wurde nach Anjas Geburt alles leichter. Ich wusste bereits, was zu tun war und was nicht und hatte plötzlich überraschend viel Freizeit, zumal Emma tagsüber im Kindergarten war.

Jetzt haben die Mädchen ihre eigenen Pläne und brauchen mich nicht mehr rund um die Uhr. Deshalb weiß ich mit meiner Zeit nichts anzufangen. Die Zeit zu vertreiben ist für mich die größte Herausforderung, weil eigentlich nichts zu tun ist. Ich habe viel zu viel Zeit, über das Virus nachzudenken und weiß nicht, wie ich mich von der aufkommenden Panik ablenken kann. Dann versuche ich, mich auf einen Text zu konzentrieren. Das ist wichtig. Denn sobald ich nicht aufpasse, überfallen mich wirre Gedanken.

Vielleicht sollte ich wieder anfangen, Listen zu schreiben und somit etwas Ordnung in das aktuelle Chaos zu bringen?

*****

Weltweit herrscht Panik. Man soll nur aus dem Haus gehen, wenn ein triftiger Grund vorliegt wie das Einkaufen von Lebensmitteln. Dazu muss man einen Mundschutz tragen, also kaufe ich einen in einem vietnamesischen Laden. Er ist blau mit weißen und roten Streublümchen und gefällt mir gut. Doch als ich ihn aufsetze, erschrecke ich, weil ich dahinter kaum Luft bekomme.

Ich stehe vor dem Geschäft zwischen schrecklich vermummten Menschen und warte auf den Einlass, weil immer nur ein Kunde hinein darf, wenn ein anderer herauskommt.

Dabei höre ich die Leute erzählen:

„Nadjas Freundin wurde voriges Wochenende von Ordnungskräften unter Androhung einer saftigen Geldstrafe von der Parkwiese verjagt, wo sie nur mit ihrer Tochter auf einer Decke saß und las."

„Unsere Freundin Ingelore saß allein auf einer

Bank am Rande des Stadtparks und wurde von zwei berittenen Polizisten aufgefordert, weiterzugehen."

„Gestern Abend hat die Polizei ein Ein-Mann-Straßenkonzert abgebrochen und etliche Leute, die sie in der Nähe antrafen, befragt, wohin sie wollen und was sie vorhaben."

„Ich fühle mich überwacht wie zu DDR-Zeiten."

„Sie werden uns wieder das Reisen verbieten."

„Oder den Alkohol, das Reisen, Autos."

Einige Leute lachen. Ich lache nicht.

Ein Mann sagt sehr ernst: „Die Polizei will Drohnen und Daten von Handys zur Überwachung einsetzen und alle hart bestrafen, die in sozialen Medien Falschnachrichten verbreiten."

Doch was ist falsch? Und was ist richtig? Ich weiß es nicht. Soll ich vorsichtig sein und jede Nähe vermeiden? Oder sind sämtliche Verbote überzogen? Das Grübeln hat keinen Sinn. Man muss sich fügen, denn die Pandemie steht über allem, ist dringender als jedes Unbehagen.

Während der Rückfahrt nach Hause höre ich im Radio einem Psychologen zu. Er sagt, dass viele Menschen verstärkt mit psychischen Problemen durch die Isolation zu kämpfen haben. Sie leiden unter Existenzängsten, Kurzarbeit, Arbeitslosigkeit und Insolvenzen. Nicht jeder Mensch kommt mit der Isolation zurecht, nicht jeder kann sich allein beschäftigen. In kleinen Wohnungen kann man nicht mit Freunden skypen, weil man nie allein ist. Die Zahl der Suizidversuche sei sprunghaft angestiegen.

Auch mir macht die Isolation Angst, Angst um meine wirtschaftliche Existenz und Angst um meine Mädchen. Beide fühlen sich einsam und möchten endlich wieder in ihren Tanzgruppen trainieren.

Doch alles normalisiert sich. Das Abnormale wird normal. Ich fürchte, dass diese Pandemie nach all den Wochen niemals zu Ende gehen wird. Wir werden immer einen Mundschutz tragen müssen, die Kinder dürfen nie mehr in die Schule, zum Tanz oder hinaus zu ihren Freunden. Das ist alles ganz normal geworden. Ich werde nie wieder gegen Bezahlung einen Text übersetzen und demzufolge kein Geld mehr haben, um Nudeln oder Zahnpasta kaufen zu können. Es spielt auch keine Rolle mehr, welchen Tag wir heute haben.

Schluss

Emma hat kleine flache Steine bemalt und sie überall im Haus verteilt. Sie liegen auf der Treppe, den Tischen und Fensterbrettern. Mir gefällt ihre kreative Idee, das Haus mit selbst bemalten Steinen zu dekorieren. Beim näheren Betrachten sehe ich nur übergroße Augen, die mich erschrocken, wütend oder leblos anstarren. Unterhalb dieser Augen sind alle Steine gleichermaßen blassblau.

„Das sind Corona-Steine", erklärt sie. „Man sieht nur die Augen, darunter ist der hässliche Mundschutz."

Ohne nachzudenken, schreie ich: „Räume das sofort weg!"

Ich bedaure meine heftige Reaktion, doch ich bleibe konsequent.

Deshalb herrscht beim Abendessen keine gute Stimmung.

„Iss ordentlich!", ermahne ich Emma, die das Brot mit der halben Hand in den Mund stopft. „Und nimm den Ellenbogen vom Tisch!"

Sie wirft mir wütende Blicke zu, sagt aber nichts und ändert ihre Haltung nicht. Am besten, ich ignoriere sie, da sie ohnehin nicht auf mich hört und mir manches direkt zum Trotz macht.

„Deine bescheuerte Trauermusik geht mir auf den Kranz!", faucht Emma.

Ich habe „When your´re gone" von den Cranberries aufgelegt. Diese Gruppe höre ich in letzter Zeit oft. Doch mir ist gar nicht aufgefallen, dass die Musik traurig ist. Jedenfalls passt sie zu meiner Stimmung, die vielleicht wirklich traurig ist.

Anja sitzt mit gesenktem Kopf am Tisch und hat weder ihr Messer noch das Brot angerührt.

„Mach dir endlich etwas zu essen!", befehle ich etwas barsch.

Sie isst weniger als ein Spatz. Ihre Haut schimmert blass über spitzen Knochen. Am liebsten würde ich sie zu einem Arzt schicken. Doch was sollte er ausrichten können? Sie will dünn bleiben und leidet zudem besonders unter der aktuellen Situation.

„Was wird eigentlich aus unserem geplanten Tanz-Camp im Sommer?", fragt Emma in einem aggressiven Ton.

Sie weiß, dass ich darauf keine Antwort weiß. Es bringt auch nichts, sie mit Worten zu trösten, die sowieso nicht stimmen.

Anja schaut mich an und ihre Augen füllen sich mit Tränen.

„Wenn ich nächste Woche noch immer nicht tanzen darf, nehme ich mir das Leben."

Kinder übertreiben, wenn sie verärgert sind. Solch einen dummen Spruch sollte ich nicht ernst nehmen. Außerdem passt eine Drohung eher zu Emma als zu Anja, die bisher immer gefasst reagierte. Es tut mir weh, meine Kleine so bekümmert zu sehen.

„Wie willst du das denn anstellen?", fragt Emma

mit vollem Mund.

Sie klingt kühl und gleichzeitig interessiert.

„Ich werde von einer Brücke springen."

„Ach, dazu bist du viel zu feige! Außerdem tut es weh", spottet Emma.

Anja lächelt, steht wortlos auf und geht hinauf in ihr Zimmer. Gegessen hat sie nichts.

Mir fällt Svens Sohn ein, der ebenfalls vor Kummer von einer Brücke springen wollte. Spielt Anja tatsächlich mit dem Gedanken, ihr Leben zu beenden? Wie kommt sie auf eine derart grausige Idee? Nein, ich kann mir nicht vorstellen, dass Anja an den Tod denkt. Kinder sagen in ihrer Not oft Dinge, die sie gar nicht meinen – nur, um ihre Eltern zu ärgern.

Doch jetzt ist Schlafenszeit. Ich werde morgen in Ruhe mit Anja sprechen, sie trösten, aufmuntern und alles tun, was ihr helfen könnte. Der Morgen ist ohnehin klüger als der Abend. Am Morgen ist alles anders als in der Nacht. Es gibt keine Fragen mehr, alles ist hell und klar.

*****

Das Telefon klingelt. Es ist ein Arzt aus dem Krankenhaus.

„Ihre Tochter ist ruhiggestellt."

„Wie meinen Sie das?"

„Wir haben sie in ein künstliches Koma versetzt, weil wir im Moment nicht operieren, da alle Ärzte und Pfleger für Corona-Patienten gebraucht werden."

„Was heißt das?"

„Wir müssen abwarten."

„Ich will nicht abwarten. Ich komme sofort!"

„Das geht nicht, zur Zeit sind keine Besuche erlaubt."

„Ich darf nicht zu meinem Kind?", schreie ich aufgebracht.

Das hat der Arzt nicht mehr gehört, er hat aufgelegt.

Hektisch springe ich aus dem Bett und ziehe mich an. Doch wieso lag ich im Bett? Habe ich nur geträumt? Das Telefon liegt nicht neben mir, obwohl ich ganz genau weiß, dass ich soeben mit einem Arzt gesprochen habe. Darüber gibt es keinen Zweifel. Ich will jetzt nicht nachdenken, denn Denken bringt nichts, ich muss handeln und zwar sofort.

Die Uhr zeigt 5:17 an. Um diese Zeit schlafen die Mädchen und ich eigentlich auch.

Etwas unsicher öffne ich leise die Tür zu Anjas Zimmer. Ihr Bett ist leer! Sie ist nicht da! Also habe ich nicht geträumt! Es war kein Albtraum! Anja ist von einer Brücke gesprungen und liegt im Krankenhaus! Doch in welchem Krankenhaus? Chemnitz ist eine große Stadt und wird mehrere Krankenhäuser haben.

Ich drücke auf meinen Handytasten herum, kann aber die Nummer nicht finden, von der aus ich soeben angerufen wurde. Vermutlich habe ich die Nummer in meiner Aufregung gelöscht. Ich darf mich nicht aufregen, ich muss ruhig und besonnen vorgehen.

Ich finde problemlos die Nummer der Kinderklinik und drücke den Wählknopf.

„Tut mir leid, Ihre Tochter liegt nicht bei uns."

„Aber ich wurde gerade angerufen, dass sie im Koma liegt, aber nicht operiert werden kann. Ich will sie sehen! Sofort!"

„Aber ich sage Ihnen doch, dass Ihre Tochter nicht hier in der Klinik ist. Versuchen Sie es in einem anderen Krankenhaus!"

Die Frau hat aufgelegt. Ich glaube ihr kein Wort. Die wollen nur nicht, dass ich mein Kind sehe. Und alles nur wegen eines kleinen Virus, das gar nicht wichtig ist. Wichtig ist allein Anja.

Ich rufe sämtliche Krankenhäuser an und erhalte jedes Mal die Auskunft, dass sich meine Tochter nicht dort befindet. Doch wo ist sie?

Ich werde noch verrückt! Sie ist wie ihr Cousin von einer Brücke gesprungen! Von welcher Brücke? Wo gibt es Brücken hier in der Nähe, die Anja zu Fuß erreichen könnte? Ich weiß es nicht.

Das Internet zeigt mir die Bäckerbrücke als die nächste an. Das ist eine zwanzig Meter hohe Stahlbrücke, die über den Chemnitzfluss und eine mehrspurige Hauptstraße führt. Von dieser Höhe kann sich ein Kind sehr schwer verletzen und zusätzlich noch von einem Auto überfahren werden.

Es macht keinen Sinn, hier herumzusitzen, zumal mich jeder anlügt und behauptet, Anja sei nicht im Krankenhaus. Ich werde jetzt sofort in die Kinderklinik fahren, ohne Emma Bescheid zu geben. Ich weiß ohnehin nicht, wie ich ihr die Katastrophe erklären soll.

Unterwegs komme ich an der Polizeistation vorbei. Die müssten etwas von dem Vorfall wissen. Dort hätte ich zuerst anrufen sollen! Also wende ich, halte direkt vor der Eingangstür und gehe hinein.

Die Frau in Uniform tut sehr freundlich, doch sie will mich nur abwimmeln. Das merke ich ganz deutlich. Die Zeit vergeht und sie sitzt auf ihrem dicken Hintern, ohne etwas zu tun.

Ich klopfe gegen die Scheibe, die mich von der Frau trennt und schreie sie an: „Sie werden mir jetzt sofort die Wahrheit sagen, sonst …"

Ich weiß nicht weiter. Ich weiß, dass man der Polizei nicht drohen darf. Doch sie sind zur

Auskunft verpflichtet. Vor allem, wenn es um ein Kind geht, ein krankes Kind, ein verunglücktes Kind, mein Kind, das ich nicht sehen darf, obwohl es vielleicht sterben muss.

Völlig außer mir dresche ich mit der Faust gegen die Scheibe.

Zwei Beamte kommen durch die Tür und fragen: „Sollen wir Sie nach Hause begleiten?"

„Nach Hause? Ich will zu meinem Kind."

„Ich weiß. Der Arzt wird sich wieder bei Ihnen melden. Dann sollten Sie daheim und ausgeruht sein."

Ausgeruht? Der Mann spricht mit mir, als wäre ich ein Idiot. Offenbar hat er keine Kinder und weiß nicht, wie man sich fühlt, wenn das eigene Kind verletzt im Krankenhaus liegt und man nicht zu ihm darf.

„Machen Sie Scherze?", schreie ich.

Derart unverschämte Beamten hätte es in Norwegen nicht gegeben. Sie wollen mir nicht helfen. Doch es hat keinen Sinn, hier herumzustehen.

Deshalb renne ich zum Auto und fahre davon. Unterwegs fällt mir Emma ein. Sie ist alt genug und wird sich allein zurechtfinden.

Am Küchwald vergesse ich, links abzubiegen und fahre stattdessen geradeaus weiter. Direkt neben mir versammeln sich auf der Wiese viele

Menschen. Ich halte sofort an und laufe hin.

„Wo ist mein Kind? Gehen Sie zur Seite! Ich will wissen, was hier passiert ist."

Die Leute treten beiseite und schauen mich verwundert an.

„Haben Sie den Unfall gesehen?", frage ich mehrmals.

Endlich antwortet ein Mann: „Hier gab es keinen Unfall."

Keinen Unfall? Aber warum sind dann hier so viele Leute? Sie lügen mich ebenso an wie die Ärzte und die Polizisten.

„So beruhigen Sie sich doch!", sagt eine Frau.

„Ich will mich nicht beruhigen! Ich will mein Kind sehen!"

„Gehen Sie auseinander! Sie verletzen das Versammlungsverbot! Hier spricht die Polizei."

Die Leute schauen sich um, einige gehen eilig davon, andere gucken in die Luft. Dort surrt es bedrohlich wie ein großer Bienenschwarm.

„Eine Drohne!", schreit ein Mann. „Sie beobachten uns aus der Luft!"

Ich verstehe das nicht. Ich will das auch nicht verstehen, ich will nur zu Anja. Doch ich kann niemanden mehr fragen, weil plötzlich alle Leute verschwunden sind. Ich stehe allein am Straßenrand und überlege, wo mein Auto steht.

Eine Hand legt sich schwer auf meine Schulter und ich drehe mich erschrocken um. Es ist der

Polizist aus dem Revier, der mich nach Hause schicken wollte.

„Sie sollten nun wirklich nach Hause gehen", fordert er und lächelt dabei.

Ich hasse es, wenn jemand so freundlich tut und in Wirklichkeit einen Befehl ausspricht.

„Lassen Sie mich in Ruhe!", fauche ich.

Doch der Mann hat Recht, ich muss nach Hause und zwar schnell. Der Arzt wird noch einmal anrufen und ich bin nicht da. Nur Emma. Sie werden mit einem Kind nicht sprechen. Sie werden auflegen, ohne zu sagen, was sie mir über Anja sagen müssen.

Ich laufe zwei Mal die Straße auf und ab, kann aber mein Auto nicht finden. Ich erinnere mich nicht an die Stelle, nur an die vielen Leute. Aber es sind keine Leute mehr da. Erschöpft bleibe ich stehen und stehe direkt neben meinem Auto.

Keine zehn Minuten später sehe ich Ingrid vor meinem Haus stehen und mit einem Fremden sprechen. Also hat sie vom Unglück schon erfahren. Ich lasse das Auto mitten auf der Straße stehen, einparken kann ich es später, und laufe zur Tür.

Dort steht Anja! Sie hat ihre Ballettkleider an und lacht.

„Anja!"

Sie dreht sich zu mir um und winkt. Sie sieht glücklich aus. Sofort bin auch ich glücklich.

„Wo warst du denn?", ruft sie mir zu.

„Ich habe dich gesucht!"

„Mich? Aber ich bin doch hier."

„Ja, du bist hier! Du bist endlich wieder hier!", schreie ich wie befreit auf und lache und weine gleichzeitig vor Glück.

Der Polizist, den ich bereits aus dem Revier kenne und der mir vorhin seine Hand auf die Schulter legte, tritt zu mir.

„Ist das Ihre Tochter?"

„Ja! Ja, sie ist es!", rufe ich erfreut.

„Die, die sie gesucht haben?"

Ist dieser Mann schwer von Begriff?

„Gehen Sie mir aus dem Weg!", schreie ich und laufe zu Anja. Ich umarme sie und taste ihren schmächtigen Körper überall ab, kann aber keine Verletzungen finden.

„Was ist mit meiner Schwiegertochter?", höre ich Ingrid fragen.

„Sie war bei uns auf dem Revier und schien uns ein wenig … verwirrt."

Verwirrt. Ich möchte den Typen mal sehen, wenn seine Tochter im Krankenhaus liegt und er sie nicht besuchen darf. Doch jetzt bin ich glücklich! Anja ist wieder daheim.

Ich lache und lache und lache und kann nicht mehr aufhören zu lachen. Ich lache so laut, dass ich kaum verstehen kann, worüber sich der Polizist mit Ingrid unterhält. Es interessiert mich auch nicht. Irgendwas mit Klinik und Psychiatrie. Ich höre nicht mehr hin, weil es mich nicht mehr betrifft. Mein Kind ist wieder bei mir, also kann ich weiter lachen.

*****

Glaubt mir:

Des Menschen wahrster Wahn

wird ihm im Traume aufgetan.

Friedrich Nietzsche

Lesen Sie weitere Veröffentlichungen von Petra Weise; zum Beispiel den Roman „Zehn Gebote – eine Geschichte."

Klappentext:
Johanna lebt mit ihren Eltern und Geschwistern am Ortsrand in einem kleinen Dorf. Vom Vater wird sie übersehen, von der Mutter übermäßig streng erzogen. Trotzdem hält sie ihre Welt für in Ordnung. Erst, als ein Verwandter behauptet, der Vater sei ein Ehebrecher, gerät alles durcheinander: Eine Katastrophe folgt der nächsten und schließlich wird das streng gehütete Familiengeheimnis aufgedeckt.

Petra Weise wurde 1954 in Freiberg/Sachsen geboren und lebt nach zahlreichen Wohnungswechseln durch Hessen und Bayern seit 1993 wieder in ihrer Heimat Sachsen.

Sie liebt das Erzgebirge mit all seinen Traditionen und fühlt sich auch in den Alpen wohl. Wenn sie nicht schreibt oder liest, wandert sie gern oder spielt Klavier.

www.autorinpetraweise.de